FIONA KELLY
MYSTERY CLUB

Band 8
Der falsche
Schatzsucher

Aus dem Englischen
von Simone Wiemken

Ravensburger Buchverlag

Als Ravensburger Taschenbuch
Band 54808
erschienen 2002

Die Originalausgabe erschien 1994
bei Hodder Children's Books, London
unter dem Titel „The Mystery Club – Buried Secrets"
© 1994 Working Partners Limited
Based on an original series idea by Ben M. Baglio.

Die deutsche Erstausgabe erschien 1996
im Ravensburger Buchverlag
© 2002 der deutschsprachigen Ausgabe
Ravensburger Buchverlag
Otto Maier GmbH

Umschlagillustration: Max Schindler

Alle Rechte dieser Ausgabe vorbehalten
durch Ravensburger Buchverlag

Printed in Germany

Die Schreibweise entspricht den
Regeln der neuen Rechtschreibung.

5 4 3 2 1   06 05 04 03 02

ISBN 3-473-54808-1

www.ravensburger.de

MYSTERY CLUB

*Mit besonderem Dank an
Allan Frewin Jones*

Kapitel 1

Auf der Suche nach einer Story

„Was ist los? Was ist passiert?" Tracy Foster kam in den Klassenraum gestürzt, in dem ihre Mystery-Club-Freundinnen Holly Adams und Belinda Hayes saßen. Sie trug Tenniskleidung und ein weißes Schweißband über ihren blonden Haaren und sah aus, als wäre sie den ganzen Weg vom Tennisplatz der Schule bis ins Klassenzimmer gerannt. „Jamie sagte, ihr braucht mich dringend. Hier bin ich!"
Holly lächelte sie an. „So dringend war es gar nicht."
Belinda lachte und sah Holly durch ihre metallgefasste Brille an. „Ich habe dir doch gesagt, dass es funktionieren würde."
Es war ihre Idee gewesen, Hollys jüngeren Bruder Jamie auf die Suche nach Tracy zu schicken.
„Dass was funktionieren würde?", fragte Tracy misstrauisch und ging zu dem Tisch hinüber, an dem ihre beiden Freundinnen saßen. „Ich hoffe nur, ihr zwei habt einen guten Grund. Ich hatte gerade zwei Sätze gewonnen."
Holly, ein großes und schlankes Mädchen mit kurzem brau-

nem Haar, hatte einen Stift in der Hand, das rote Mystery-Club-Notizbuch lag aufgeschlagen vor ihr auf dem Tisch. Ihr gegenüber hatte Belinda es sich mit hochgelegten Beinen auf zwei Stühlen bequem gemacht und aß genussvoll gerade einen Schokoriegel.
Holly lächelte in Tracys beunruhigtes und aufgeregtes Gesicht. „Ich brauche deine Hilfe. Mir fällt einfach nichts ein für meinen nächsten Artikel für die Schülerzeitung, und Steffie braucht ihn schon Anfang der nächsten Woche."
„Was?", schrie Tracy. „Das kann nicht dein Ernst sein! Ich war gerade dabei, Jenny Fairbright niederzumetzeln, lag zwei Sätze in Führung, und du schleifst mich bloß deswegen hierher? Um dir bei einem Artikel zu helfen?"
Tracys amerikanischer Akzent war kaum überhörbar. Nach drei Jahren in der Kleinstadt Willow Dale in Yorkshire war er zwar fast verschwunden, trat aber stets mit aller Deutlichkeit wieder hervor, wenn sie aufgeregt war oder sich ärgerte.
„Ich hätte meinen Schläger mitbringen sollen. Dann hätte ich euch beide jetzt damit erschlagen können. Ich dachte, ihr wärt in Schwierigkeiten."
„Das bin ich auch", beteuerte Holly. „Wenn ich den Ablieferungstermin nicht einhalte, stehe ich blöd da, zumal ich Steffie diesmal etwas besonders Gutes versprochen habe."
Ihre einzige Rivalin an der Winifred-Bowen-Davies-Schule war Steffie Smith, die Herausgeberin von *Winformation*, der Schülerzeitung. Holly war mit ihrer Familie erst vor wenigen Monaten von London nach Willow Dale gezogen, weil ihre Mutter befördert worden war. Ihr erster Versuch, sich in der

neuen Schule einzuleben, hatte darin bestanden, dass sie Steffie Smith gebeten hatte, an der Schülerzeitung mitarbeiten zu dürfen.

In der Schülerzeitung hatte sie auch eine Anzeige aufgegeben, in der sie Mitglieder für den Mystery Club suchte, den sie gründen wollte. Es sollte ein Club für Liebhaber von Krimis werden, aber Steffie hatte ihre Anzeige zu einem einzigen, uninformativen Satz zusammengestrichen. Tracy und Belinda waren trotzdem zum ersten Treffen gekommen, und seitdem waren die drei die besten Freundinnen. Tracys Gesichtsausdruck nach zu urteilen schien ihre Freundschaft im Moment allerdings eine schwere Belastungsprobe bestehen zu müssen.

„Aber ich hätte gewonnen!", rief sie. „Ich habe Jenny Fairbright geschlagen, die Schulmeisterin!"

„Es ist doch nur ein Spiel." Belinda gähnte. „Tu doch nicht so, als wäre es etwas wirklich Wichtiges gewesen. Außerdem", meinte sie grinsend, „ist zu viel Bewegung gar nicht gesund; das habe ich mal gelesen. Schließlich kippen diese Fitnessfanatiker reihenweise mit einem Herzinfarkt aus den Latschen."

„Dann brauchst du dir ja keine Sorgen zu machen", verkündete Tracy bissig. „Wenn es gesund ist, so faul und verfressen zu sein wie du, dann wirst du sicher mindestens hundert."

„Wärt ihr wohl so nett, eure gegenseitigen Beleidigungen für einen Augenblick zu unterbrechen?", fragte Holly. Sie sah zu Tracy auf. „Es tut mir Leid, dass ich dich bei deinem Spiel gestört habe, aber es ist wirklich wichtig. Du weißt ja, wie

Steffie ist. Sie würde es genießen, mich in die Pfanne zu hauen. Ich muss mir unbedingt etwas Geniales für meinen Artikel ausdenken."

„Habe ich gerade das Wort ‚genial' gehört?", fragte eine Stimme von der Tür. „Sprecht ihr von mir?"

„Ich glaube nicht, dass ich die Worte ‚genial' und ‚Kurt Welford' je in einem Atemzug erwähnt habe", spottete Belinda, als Kurt das Klassenzimmer betrat.

Kurt grinste nur. Er kannte Belindas Sinn für Humor ebenso gut wie ihre Einstellung zu Jungen. Kurt war groß und blond. Er war der Schwarm vieler Mädchen an dieser Schule und er ging gelegentlich mit Tracy aus.

Er lächelte Tracy an. „Ich dachte, du wolltest in der Mittagspause Tennis spielen. Ist etwas passiert?"

„Diese beiden sind passiert", antwortete Tracy verbittert. „Du wirst es kaum glauben, aber sie haben mich aus dem Match geholt, nur damit ich ihnen bei einem Artikel für die Schülerzeitung helfe."

„Was für ein Artikel ist es denn?", fragte Kurt.

„Wenn ich das wüsste, würde ich wohl kaum hier sitzen, mit einer leeren Seite vor mir", erwiderte Holly gereizt. „Mein liebstes Thema wäre ein Interview mit PJ Benson. Das entspricht meiner Vorstellung von einem wirklich genialen Artikel." PJ Benson war Hollys Lieblingsschriftstellerin. Von ihr stammten viele der Krimis, die die Regale in Hollys Zimmer füllten. Holly seufzte. „Aber ich fürchte, etwas so Großartiges wird mir wohl nie gelingen."

„Wie wäre es mit einem Artikel über Tennis?", fragte Kurt. „Ich könnte dir dabei helfen."

Belinda gähnte wieder. „Faszinierend, das lesen die Leute dann abends als Mittel gegen Schlaflosigkeit."
„Du hättest vermutlich lieber einen Artikel über Pferde?", wollte Kurt wissen.
„Gar keine schlechte Idee", meinte Belinda. „Wir könnten ein Interview mit Milton machen." Milton war das Pferd, das Belindas Eltern ihr geschenkt hatten.
„Ach, hör schon auf", sagte Holly. „Denkt doch mal nach; passiert denn hier in der Gegend nichts Interessantes?"
„Vielleicht die Ausgrabungen am Hob's Mound", fiel Kurt ein. „Das klingt, als könnte es ganz interessant sein." Er bedachte Belinda mit einem herablassenden Lächeln. „Aber ich möchte wetten, dass du darüber nichts hören willst."
„Was sind das für Ausgrabungen?", fragte Holly. „Wonach wird denn gegraben?"
„Nach verborgenen Schätzen", erwiderte Kurt. „Das habe ich zumindest gehört."
„Beachtet ihn gar nicht", riet Belinda. „Er will uns doch nur aufziehen."
„Ach, tatsächlich?", fragte Kurt spitz. „Wenn du das glaubst, brauche ich mir gar nicht erst die Mühe zu machen, euch davon zu erzählen."
„Achte nicht auf Belinda", bat Holly. „Komm schon, Kurt, erzähl mal! Worum geht's da?"
„Die Universität hat eine Gruppe von Archäologen nach Hob's Mound geschickt", erklärte Kurt. „Kennt ihr diesen Ort?"
„Ich kenne ihn", sagte Tracy. „Er liegt westlich von hier, stimmt's?"

„Allerdings", verkündete Belinda. „Es ist einfach nur ein großer, grasbewachsener Hügel mitten in der Landschaft. Ich bin mit Milton schon öfter dort geritten. Soll es dort nicht spuken oder so etwas?"
Kurt nickte. „Genau! Man sieht schon an seiner Form, dass er kein natürlicher Teil der Landschaft ist. Er liegt dort inmitten flacher Felder. Es ist schon seit langem bekannt, dass es sich dabei um einen keltischen Grabhügel handelt. Vor siebzig oder achtzig Jahren wurde er bereits untersucht, doch man hat nichts gefunden. Anscheinend wurde damals nur mit Schaufeln gearbeitet, und dabei kann man natürlich leicht etwas übersehen. Doch heute gibt es die Computerfotografie, die den Archäologen hilft. Und es gibt neue Beweise, die darauf hindeuten, dass dort eine wichtige Persönlichkeit begraben liegt. Vielleicht ein keltischer Häuptling oder so etwas. Deshalb hat die Universität eine neue Ausgrabung finanziert." Kurt lächelte die drei Mädchen an. „Und die Arbeiten haben heute Morgen begonnen."
Holly schrieb „Hob's Mound" in ihr Notizbuch. „Woher weißt du das alles? Es stand doch gar nichts darüber in der Zeitung."
Kurt grinste. „Noch nicht, aber vergiss nicht, dass mein Vater der Herausgeber des Tageblattes ist. Er bekommt solche Informationen natürlich schon vor seinen Lesern. Und er hat mich gebeten, heute Nachmittag dorthin zu fahren, um Fotos zu machen."
Das Tageblatt war die Lokalzeitung von Willow Dale, und Kurt wurde oft mit seiner Kamera losgeschickt, um besondere Ereignisse zu fotografieren.

„Das könnte ein echter Knüller werden", überlegte Holly. „Denkt nur an die Überschrift: ‚Schülerinnen helfen bei der Suche nach vergrabenem Schatz'."
„Du meinst wohl uralte, verrottete und eklige Knochen", warf Tracy ein. „Wo soll der Schatz denn herkommen?"
„Weißt du denn gar nichts?", fragte Belinda. „In alten Zeiten wurde wichtigen Leuten immer Gold und Juwelen und solches Zeug mit ins Grab gegeben. Hast du noch nie von Tutanchamun und all den Sachen gehört, die in seinem Grab gefunden wurden?" Sie sah Kurt an. „Das stimmt doch, oder?"
Kurt nickte. „In diesem Grabhügel liegen bestimmt nicht so wertvolle Dinge, wie sie in Ägypten gefunden wurden, aber vielleicht doch einige sehr interessante Sachen."
Tracy schüttelte den Kopf. „Den Grund dafür habe ich bis jetzt noch nicht kapiert. Was nützt das ganze Zeug jemandem, der tot ist?"
„Es war für sein nächstes Leben bestimmt", erklärte Holly. „Sie glaubten, dass der Geist des Toten die Grabbeigaben in die nächste Welt mitnehmen könnte."
Tracy sah Kurt nachdenklich an. „Meinen die wirklich, dass das ganze Zeug nach so langer Zeit noch da ist?"
„Allerdings, mit etwas Glück kann ich ein Foto davon machen, wie sie etwas Wichtiges finden. Ich hoffe es zumindest. Gleich nach der Schule fahre ich hin."
Holly strahlte ihre Freundinnen an. „In diesem Fall sollten wir dich wohl begleiten. Steffie Smith wird vor Neid erblassen, wenn wir nächste Woche mit dem Knüller des Jahrhunderts ankommen."

„Ist das damit geklärt?", fragte Tracy. „Kann ich jetzt gehen und Jenny Fairbright den Gnadenstoß versetzen, oder gibt es noch etwas anderes, unglaublich Wichtiges, das ich unbedingt für euch tun soll?"

„Du könntest eben in die Schulkantine laufen und mir ein paar leckere, belegte Brote holen." Belinda betrachtete das leere Schokoladenpapier. „Ich sterbe vor Hunger."

„Träum weiter", sagte Tracy. „Hol dir deine Brote doch selber. Etwas Bewegung wird dir gut tun. Kurt, kommst du mit zum Tennisplatz?"

„Wir treffen uns nach Schulschluss am Tor", rief Holly den beiden nach. „Kommt nicht zu spät."

„Nun!", begann Belinda, nachdem die anderen gegangen waren. „Damit wäre das Problem des Artikels wohl gelöst, und wir können uns jetzt wichtigeren Dingen zuwenden."

„Welchen denn zum Beispiel?"

„Zum Beispiel der Tatsache, dass wir noch vor Ende der Mittagspause in die Eisdiele müssen." Belinda stemmte sich von ihrem Stuhl hoch.

Auf ihrem Weg durchs Schultor feilte Holly in Gedanken bereits am ersten Satz ihres Artikels. *Bedeutende archäologische Funde bei Willow Dale. Die geniale Reporterin Holly Adams war live dabei, als die antike Grabstätte zum ersten Mal seit über tausend Jahren wieder geöffnet wurde.*

Ja, dachte sie. Das würde Steffie Smith ein für alle Mal zum Schweigen bringen. Vor allem, wenn Kurt Recht hatte und der Grabhügel wirklich voller unbezahlbarer Antiquitäten war. Sie konnte es kaum noch erwarten.

Es war ein richtig schöner Sommernachmittag, und die vier Freunde radelten durch die Randbezirke von Willow Dale und die lange Steigung hinauf, die sie aufs Land hinausführte. Holly warf einen Blick über ihre Schulter auf die Kleinstadt, die ihr mittlerweile sehr ans Herz gewachsen war. Hinter den modernen Gebäuden wie etwa dem Einkaufszentrum, der Kunsteisbahn und dem großen Kino konnte sie den Kirchturm und die Dächer der Altstadt ausmachen, die friedlich unter dem hellblauen Himmel lagen. Kleine Wolken segelten wie Galeonen über die Hügel.

An Tagen wie diesem war es, als ob der Lärm und die Hektik von London, wo Holly aufgewachsen war, zu einem anderen Leben gehörten. Sie hielt immer noch Kontakt zu ihren früheren Freunden Miranda Hunt und Peter Hamilton und hatte ihnen in ihren Briefen schon oft berichtet, dass der scheinbare Friede von Willow Dale trog. Seit der Gründung des Mystery Clubs waren Holly und ihre Freundinnen schon in mehrere außergewöhnliche Ereignisse verstrickt worden. Die drei Mädchen zogen Gefahren und Verbrechen geradezu an.

Nach etwas mehr als einem Kilometer war die Steigung bewältigt, und die vier Radfahrer bogen auf einen Feldweg ab. Kurze Zeit später brachte Kurt sein Fahrrad auf dem grasbewachsenen Seitenstreifen zum Stehen und zeigte über die Straße.

„Da ist es", sagte er. „Hob's Mound."

Jenseits einer niedrigen Hecke, durch die ein hohes hölzernes Koppeltor führte, erstreckten sich grüne Weiden. Ein paar hundert Meter entfernt erhob sich ein lang gestreckter, flacher Hügel. Kurt hatte Recht: Er sah wirklich nicht aus wie ein natürlicher Bestandteil dieser flachen Landschaft. Neben dem Koppeltor parkte ein schäbiges altes, braunes Auto.

Das Tor war unverschlossen, und als sie ihre Fahrräder auf die Wiese schoben, sah Holly zwei Geländewagen, die vor einem grauen Wohnwagen parkten. An einer Seite des Hügels war ein breiter Grasstreifen abgestochen worden, und drei oder vier junge Leute arbeiteten mit Hacken und Schaufeln in der Erde.

Die vier hatten jedoch kaum Zeit, sich alles anzusehen, denn ganz in ihrer Nähe stritten einige Leute. Die Tür des kleinen Wohnwagens stand offen. Eine Frau stand auf den Stufen. Ein älterer Mann in einem braunen Anzug und mit strähnigen langen Haaren brüllte etwas und deutete mit seinem Spazierstock auf den Grabhügel. Die Frau war ungefähr Ende zwanzig, trug Jeans und ein weites Hemd und hatte ihr schwarzes Haar zu einem Pferdeschwanz gebunden.

„Sieht nach Ärger aus", sagte Belinda. „Den Kerl sieht man nun wirklich selten."

„Wer ist das?", fragte Tracy. „Der Landbesitzer?"

Belinda schüttelte den Kopf. „Das ist Professor Rothwell. Er lebt in der alten Mühle am Fluss Skelter. Ihr kennt sie bestimmt." Sie sah ihre Freunde an. „Habt ihr noch nie etwas von dem verrückten Professor gehört? Er lebt ganz allein in der riesigen alten Mühle. Er ist ein echter Einsiedler und verlässt fast nie sein Grundstück."

„Professor Rothwell?", fragte Kurt. „Hat er nicht früher an der Universität unterrichtet? Warum er jetzt wohl hier ist?"

„Es gibt nur eine Möglichkeit, das herauszufinden." Holly schob ihr Rad durch das hohe Gras. „Lasst uns hingehen und zuhören."

„Passt bloß vor seinem Stock auf", warnte Belinda. „Meine Mutter meint, er ist vollkommen übergeschnappt." Belindas Mutter war eine der führenden Damen in der Gesellschaft von Willow Dale. Sie wusste wirklich alles über jeden in der Stadt.

„Woher kennst du den Professor eigentlich?", fragte Tracy, als sie Holly zum Wohnwagen folgten.

„Ich reite manchmal in dieser Gegend", erklärte Belinda. „Professor Rothwell wohnt nur etwa einen Kilometer entfernt. Ich habe ihn ein paarmal im Wald gesehen. Ich achte allerdings immer darauf, dass ich ihm nicht zu nahe komme. Er sieht mich immer so komisch an."

„Das ist ein Sakrileg", hörten sie den alten Mann rufen. „Dieser heilige Ort darf nicht gestört werden."

Die Stimme der Frau klang beruhigend, aber streng. Es hörte sich an, als wäre sie es nicht gewohnt, dass ihr jemand Schwierigkeiten machte.

„Professor Rothwell, ich habe eine schriftliche Genehmigung von der Universität und der Gemeindeverwaltung. Dies hier ist eine vollkommen legale archäologische Ausgrabung. Ich habe keine Zeit, hier herumzustehen und mit Ihnen zu diskutieren. Wenn Sie sich beschweren wollen, wenden Sie sich damit bitte an die zuständigen Behörden."

Der schwere Spazierstock pfiff durch die Luft und ließ die Frau in die Tür des Wohnwagens zurückweichen.

„Ich warne Sie, Fairfax", rief der alte Mann. „Wenn Sie mit

dieser Entweihung fortfahren, werden Sie und jeder andere hier es bereuen."

Die Augen der Frau funkelten. „Drohen Sie mir etwa?"

„Ich warne Sie", sagte Professor Rothwell. „Zu Ihrem eigenen Besten. Sie legen sich mit alten Mächten an."

Die Frau strich sich über die Stirn. „Ich hatte viel Geduld mit Ihnen, Professor. Unheimlich viel Geduld. Ich bin Wissenschaftlerin. Wissen Sie noch, was das bedeutet? Ich arbeite mit Fakten. Ihre Mythologie interessiert mich nicht. Und jetzt, nachdem ich Ihnen zugehört habe, bitte ich Sie zu gehen! Und zwar sofort, bevor Sie eine Dummheit machen."

Der alte Mann stieß einen unverständlichen Wutschrei aus. Aus dem Augenwinkel sah Holly jemanden über das Gras auf den Wohnwagen zurennen. Es war ein kräftig gebauter, großer junger Mann mit kurzem dunklem Haar und einem sonnengebräunten Gesicht.

„Anne! Alles in Ordnung?" Er packte Professor Rothwell an den Schultern und zog den Kopf ein, als der Spazierstock durch die Luft sauste.

„Lassen Sie mich los, Sie Grobian!", brüllte der Professor.

Holly und ihre Freunde sahen entsetzt zu, wie der junge Mann nach dem Stock griff und ihn dem Professor aus der Hand riss.

„Christopher!", rief die Frau. „Lass ihn. Damit werde ich allein fertig."

„Ach herrje!", stieß Holly hervor, denn der alte Professor war ins Stolpern geraten und fiel ins Gras. Sie ließ ihr Rad fallen und rannte dicht gefolgt von ihren Freunden zwischen den Geländewagen hindurch.

Der Sturz hatte den Kampfgeist des Greises restlos gebrochen. Der junge Mann stand über ihm und sah mit offenem Mund auf ihn hinab.
„Ich habe ihn nicht angefasst", sagte er. „Ehrlich, ich habe ihm nichts getan."
Die Frau sprang die Stufen hinunter und schaffte es mit Hollys und Tracys Hilfe, den alten Professor wieder auf die Beine zu stellen.
„Das werden Sie bereuen." Professor Rothwell zog sein Jackett glatt. „Sie alle. Sie werden bereuen, je hergekommen zu sein."
„Es tut mir sehr Leid, dass das geschehen ist", sagte die Frau. „Ist Ihnen auch nichts passiert? Soll ich Sie nach Hause bringen?"
Der alte Mann wich zurück und lachte trocken auf. Es klang wie das Krächzen einer Krähe.
„Ich kann auf Ihre Hilfe verzichten. Aber *Sie* werden Hilfe brauchen, wenn Sie beschließen sollten hier zu bleiben." Er sah die Frau an. „Glauben Sie etwa, ich wäre es, vor dem Sie Angst haben sollten?" Er fuchtelte mit einem zitternden Finger vor ihrem Gesicht herum. „Cernunnus wird Rache nehmen, wenn Sie seinen Ruheplatz entweihen."
Er drängte sich durch die Umstehenden. Plötzlich blieb er stehen; die durchdringenden Augen waren auf Belinda gerichtet. Er griff nach ihr und sie wich erschrocken zurück, denn der Ausdruck in seinem Gesicht machte ihr Angst.
„Du solltest nicht hier sein, Epona. Von allen Leuten solltest du die Letzte sein, die sich hier aufhält. Verlass diesen Ort."

Kapitel 2

Die Legende von Hob's Mound

Alle sahen noch in die Richtung, in die der alte Mann verschwunden war, als ein Wagen ansprang. Holly wurde klar, dass das rostige braune Auto, das sie neben der Hecke gesehen hatten, Professor Rothwell gehören musste.
Die Frau seufzte tief und schüttelte den Kopf.
„Darauf hätte ich gut verzichten können." Dann sah sie Holly und ihre Freunde an. „Vielen Dank für eure Hilfe. Kann ich etwas für euch tun?"
„Mein Name ist Kurt Welford", stellte Kurt sich vor. „Ich glaube, mein Vater hat mit Ihnen vereinbart, dass ich hier ein paar Fotos machen darf." Er hielt seine Kamera hoch. „Für das Tageblatt."
Die Frau nickte. „Ich hoffe nur, ihr habt nicht vor, diesen unglückseligen Zwischenfall an die Zeitung weiterzugeben. Je weniger darüber bekannt wird, desto besser."
„Aber worüber war er so wütend?", fragte Holly.
Die Frau sah sie an. „Wer bist du?"

Holly stellte sich und ihre beiden Freundinnen vor und berichtete von ihrer Absicht, einen Artikel über die Ausgrabungen zu schreiben.
„Aha", sagte die Frau, „die Presse ist also schon hier."
Holly fühlte sich geschmeichelt, als „die Presse" bezeichnet zu werden. Ihr größter Wunsch war es schließlich, Journalistin zu werden.
„Ich bin Anne Fairfax", stellte sich die Frau vor. „Ich leite diese Ausgrabung. Ihr dürft euch gern umsehen, solange ihr niemandem im Weg steht."
„Können Sie uns erklären, warum Sie jetzt hier graben?", fragte Holly, die daran denken musste, was Kurt ihr über die ersten Grabungen an diesem Hügel erzählt hatte. „Ich meine, warum gerade jetzt?"
Anne Fairfax lächelte. „Vor kurzem wurden Luftaufnahmen von diesem Gebiet gemacht. Als wir sie dann durch den Computer schickten, wurden Spuren gefunden, die beweisen, dass dieser Hügel einst von einem Ring aufrecht stehender Steine umgeben war. Die Steine sind zwar schon lange fort, aber die Tatsache, dass sie einmal hier waren, deutet darauf hin, dass dies hier ein bedeutender Begräbnisplatz war." Sie lächelte. „Die Archäologie hat sich in den letzten Jahren rasant weiterentwickelt. Wir verwenden heute modernste Technologien, doch wenn es ans Graben geht, sind wir immer noch auf Schaufel und Spaten angewiesen."
Holly schrieb jedes Wort in ihr Notizbuch.
„Was hoffen Sie hier zu finden?", fragte sie.
Anne Fairfax lachte. „Darüber möchte ich lieber keine Vermutungen anstellen. Sagen wir einfach, ich bin überzeugt,

dass wir etwas Wichtiges in diesem Hügel finden werden. Ich bin gern bereit, euch ein andermal all eure Fragen zu beantworten, aber jetzt habe ich dringende Schreibarbeiten zu erledigen." Sie sah den jungen Mann an und stellte ihm die Mädchen und Kurt vor. „Ich bin sicher, dass Christopher euch gern alles zeigen wird. Stimmt's, Christopher? Die jungen Damen haben sicher noch viele Fragen."
Der junge Mann lächelte. „Natürlich." Er runzelte dann die Stirn. „Es tut mir Leid ... wegen ..."
„Schon gut." Anne Fairfax stieg die Stufen des Wohnwagens hinauf und schloss die Tür hinter sich.
„Ich bin Chris Lambert", sagte der junge Mann. „Ich studiere Archäologie." Er deutete mit einem Kopfnicken auf die anderen jungen Leute, die auf dem Erdhügel standen und die vier Freunde neugierig betrachteten. „Wir sind die Mannschaft von Professor Fairfax."
„Professor Fairfax?", fragte Holly.
Chris nickte. „Sie ist eine der jüngsten Archäologieprofessoren in diesem Land." Er warf einen Blick auf die geschlossene Tür des Wohnwagens. „Sie ist brillant, einfach brillant. Was wollt ihr sehen?"
„Absolut alles", verkündete Tracy. „Aber ich wünschte, es würde mir jemand erklären, worum es bei dem Auftritt des alten Mannes eigentlich ging." Sie drehte sich zu Belinda um. „Wie hat er dich genannt?"
„Ich bin mir nicht sicher", antwortete Belinda. „Es klang so ähnlich wie Pony. Ich glaube, meine Mutter hat Recht: Er hat wirklich nicht mehr alle Tassen im Schrank."
„Er scheint ziemlich merkwürdig geworden zu sein, seitdem

er im Ruhestand ist. Ihr werdet es vielleicht nicht glauben, aber er war einmal die führende Autorität auf dem Gebiet der keltischen Archäologie." Die vier Freunde folgten Chris zu dem lang gestreckten Hügel. „Was wisst ihr über die Kelten?"
„Nicht viel", gab Holly zu.
„Ein faszinierendes Thema. Die keltische Zivilisation war mehr als tausend Jahre lang über fast ganz Europa verbreitet." Chris deutete auf den Hügel. „Wir vermuten, dass dieser Grabhügel aus dem Jahr 200 v. Chr. stammt."
„Wahnsinn!", staunte Tracy. „Dann ist er ja über zweitausend Jahre alt. Das ist kaum zu glauben."
„Das stimmt", bestätigte Chris. „Solche Hügel wurden für die bedeutendsten Stammesfürsten angelegt. Anne ist überzeugt, dass wir hier ein paar wichtige Entdeckungen machen werden."
„Wie können Sie sicher sein, dass die wertvollen Dinge nicht längst ausgegraben wurden?", fragte Holly, die fieberhaft in ihr Notizbuch schrieb. „Nach über zweitausend Jahren ist doch sicher alles, was einen gewissen Wert hatte, längst gestohlen worden."
„In dieser Hinsicht könnten wir Glück haben." Chris grinste. „Einer Legende zufolge soll es hier nämlich spuken, und wir hoffen, dass das die Grabräuber abgeschreckt hat. Außerdem hat Anne euch ja schon erzählt, dass bis vor kurzem keiner wusste, wie bedeutend dieser Hügel wahrscheinlich ist."
Tracy lief ein Schauder über den Rücken. „Hier spukt es doch nicht wirklich, oder?"

Chris lachte. „Ich glaube nicht an Geister. Der Einzige, der hier herumspukt, ist Professor Rothwell."
„Können Sie uns mehr über ihn erzählen?", fragte Holly. „Er wirkte sehr aufgebracht."
„Ich weiß nicht viel über ihn. Nur dass er vor etwa zehn Jahren in Pension ging. Gerüchten an der Universität zufolge wurde er immer verrückter, bis man ihn schließlich zwangsweise in den Ruhestand versetzte. Er hat irgendwann angefangen, die alten Legenden ernst zu nehmen und das ganze mythologische Zeug über Götter und Flüche zu glauben. Als er von dieser Ausgrabung erfuhr, hat er einen Brief an die Universität geschrieben und verlangt, dass wir uns von diesem Ort fern halten."
Chris schüttelte den Kopf. „Und als Nächstes ist er hier aufgetaucht und hat angefangen, auf Anne einzuschreien wie ein Verrückter." Er sah Holly streng an. „Darüber schreibst du bitte nichts. Du hast gehört, was Anne gesagt hat. Mit den Fantasien eines alten Mannes in Verbindung gebracht zu werden, ist das Letzte, was sie gebrauchen kann."
Zögernd strich Holly den Namen von Professor Rothwell wieder durch. Es war eine Schande, den alten Professor in ihrem Artikel nicht erwähnen zu dürfen, doch sie konnte den Standpunkt von Anne Fairfax durchaus verstehen.
„Darf ich Fotos machen?", fragte Kurt.
„Natürlich", sagte Chris.
Während Kurt loszog und fotografierte, führte Chris die Mädchen an die Stelle, an der die anderen Studenten sorgfältig die Erdschichten vom Hügel abtrugen.
„Haben Sie schon etwas gefunden?", wollte Belinda wissen.

„Wir entfernen immer noch die äußeren Schichten", erklärte Chris, und sie beobachteten, wie die Studenten mühsam Schaufel für Schaufel abtrugen und gründlich untersuchten. Tracy betrachtete den riesigen Grabhügel, der im hellen Licht der Nachmittagssonne über ihnen aufragte.
„Würde es mit einem Bagger nicht schneller gehen?"
„Schneller schon", gab Chris lachend zu, „aber dabei würden wir wahrscheinlich alles zerstören. Die Archäologie ist nun einmal eine Wissenschaft, die viel Zeit braucht." Er lächelte. „Selbst mit allen modernen Hilfsmitteln müssen wir immer noch stundenlang geduldig graben, bis wir schließlich auf die ersten Holzfasern stoßen, die uns zeigen, dass wir zur Grabkammer vorgedrungen sind."
„Was erwarten Sie darin zu finden?", fragte Holly.
„Wenn es ein Stammesfürst war, wird ein Begräbniswagen darin sein. Außerdem Waffen, Schmuck und anderer Zierrat." Chris lächelte. „Die Kelten glaubten fest an ein Leben nach dem Tod und gaben ihren Verstorbenen deshalb alles mit, was sie auf ihrem Weg dorthin brauchen konnten. Aber an eurer Stelle würde ich mir keine allzu große Hoffnungen machen. Es wird noch ein paar Tage dauern, bis wir etwas Derartiges finden werden."
„Dürfen wir dann wiederkommen?", fragte Holly. „Geht das?"
„Ihr müsst Anne fragen", antwortete Chris. „Aber ich denke, es spricht nichts dagegen. Und wer weiß – vielleicht können wir euch beim nächsten Mal schon ein paar Fundstücke zeigen."

Holly, Belinda und Tracy saßen in Hollys Garten auf dem Rasen und unterhielten sich über die Ausgrabungen und über die Schätze, die Professor Fairfax möglicherweise finden würde.

„Ist euch aufgefallen, dass Chris Professor Fairfax immer Anne nennt?", fragte Belinda. „Eigentlich sollten die beiden etwas förmlicher miteinander umgehen. Immerhin ist er nur ein Student."

Tracy grinste. „Hast du mitbekommen, wie er sie angesehen hat?", fragte sie. „Ich wette, zwischen den beiden läuft was."

Die drei hörten Hollys Vater in seiner Werkstatt in der Garage arbeiten. Seit dem Umzug hatte er seinen Beruf als Rechtsanwalt aufgegeben und widmete sich nun voll und ganz der Herstellung von Möbeln. Mrs Adams war Filialleiterin einer Bank.

„Glaubt ihr, dass Professor Rothwell verrückt ist?", fragte Tracy. „Ich meine, *wirklich* verrückt?"

„Du hast doch gehört, was Chris gesagt hat", antwortete Belinda. „Er ist nur ein bisschen sonderbar." Sie sah sich um. „Jamie? Was machst du da?"

Jamie hatte sich unbemerkt an die drei Mädchen angeschlichen. „Nichts", sagte er unschuldig.

„Hast du nichts Besseres zu tun, als uns auf die Nerven zu gehen?", fragte Holly ihn. „Was immer ich tue, ständig lungerst du um mich herum und lauschst."

„Ich habe nicht gelauscht", wehrte Jamie ab. „Irgendwelche blöden Ausgrabungen interessieren mich nur, wenn nach Fossilien gegraben wird, Dinosaurierknochen oder so was."

„Es sind keine Fossilien! So!", fauchte Holly. „Und deshalb kannst du jetzt aufhören, uns zu belauschen, und darfst verschwinden."

Jamie streckte ihr die Zunge heraus und schlich sich näher heran. Holly beobachtete ihn misstrauisch.

„Du hast doch etwas vor", stellte sie fest. „Ich kenne dich. Was hast du hinter deinem Rücken versteckt?"

„Nichts."

„Zeig mir's!", verlangte Holly, sprang auf und ging auf ihn zu. Jamie versuchte zu fliehen, doch sie war schneller. Sie packte seinen Arm und zog ihn nach vorn.

„Und was ist das?", fragte sie und entwand ihm eine kleine Papphöhre.

„Lass mich los", schimpfte Jamie und zappelte. „Das ist meins."

Sie rangen um die kleine Röhre. „Juckpulver!", las Holly. „Du Monster. Ich vermute, damit wolltest du uns beglücken, stimmt's?"

„Nein! Nein!", rief Jamie halb lachend. „Das wollte ich bestimmt nicht. Ich wollte es euch nur zeigen."

Holly sah sich zu ihren Freundinnen um. „Wollt ihr mir helfen, ihm eine Lektion zu erteilen?"

Belinda sprang auf und versuchte Jamies Arme zu packen. Er schaffte es jedoch, Holly das Röhrchen aus der Hand zu reißen. Der Deckel sprang ab, und eine Ladung des grauen Pulvers landete auf Belindas Hand.

Jamie lachte schrill, als Belinda anfing, sich den Handrücken zu kratzen.

„Erwischt!", jubelte er.

„Aber dich erwischt es auch gleich!", sagte Holly, schnappte sich das Röhrchen und drohte, den Inhalt über seinem Kopf auszuleeren.

Eine Stimme brachte die beiden plötzlich zum Schweigen.

„Was ist denn hier los?" Mr Adams stand in der Tür seiner Werkstatt. „Ich dachte, hier wird jemand umgebracht."

„Das stimmt auch", sagte Holly. „Er!"

Belinda kratzte ihre Hand. Das Juckpulver war wirklich ein starkes Zeug. Sie fühlte sich, als wäre sie von einem Moskitoschwarm angegriffen worden.

Mr Adams sah Jamie strafend an. „Lass deine Schwester und ihre Freundinnen in Ruhe." Er sah Belinda an. „Und du gehst besser hinein und wäschst dieses Zeug ab. Lass in Zukunft solchen Unsinn, Jamie."

„Darf ich im Garten graben?", fragte Jamie. „Ich will nach Fossilien suchen."

„Ja, ja, damit bist du wenigstens eine Weile beschäftigt." Mr Adams zeigte auf einen unbepflanzten Erdstreifen am hinteren Ende des Gartens. „Dort hinten kannst du graben. Und wenn du in Australien angekommen bist, sag mir Bescheid."

Jamie rannte los, um sich einen Spaten zu holen, und Mr Adams kehrte in seine Werkstatt zurück.

„Ich hoffe, er schafft es bis nach Australien", bemerkte Holly. „Dann schaufle ich schnell das Loch über ihm zu."

Sie schob die kleine Röhre mit dem Juckpulver in ihre Jackentasche. Dann gingen die drei ins Haus, und Belinda ließ kaltes Wasser über ihre brennende Hand laufen.

„Wovon sprachen wir gerade, bevor die Landplage auftauchte?", fragte Holly.

„Über den verrückten Professor", antwortete Tracy.
„Ach, vergessen wir ihn", meinte Holly. „Ich würde viel lieber mehr über die Kelten erfahren, als Hintergrundinformation für meinen Artikel."
„Vielleicht findest du zu diesem Thema etwas in der Schulbibliothek", überlegte Belinda, die immer noch ihre Hand kühlte.
Holly strahlte sie an. „Geniale Idee", lobte sie. „Was haltet ihr davon, mir morgen bei der Suche zu helfen?"
Belinda sah sie fragend an. „Haben wir denn eine Wahl?"
Holly musste lachen. „Nein, eigentlich nicht."
Belinda und Tracy kannten Holly nur zu gut. Sobald sie sich etwas in den Kopf gesetzt hatte, blieb ihnen gar nichts anderes übrig, als mitzumachen.

„Seht euch meine Hand an!", rief Belinda. Sie hatte Holly und Tracy am nächsten Tag in der Mittagspause in der Bibliothek gefunden.
Die beiden saßen über einem Stapel Geschichtsbücher, die sie sich aus den Regalen geholt hatten. Beide schauten von den Büchern auf, als Belinda ihnen ihre Hand vor die Nase hielt. Auf ihrem Handrücken hatte sich ein hässlicher Ausschlag gebildet.
„Ich werde deinen Bruder ermorden", verkündete Belinda. „Ich konnte letzte Nacht kaum schlafen. Dieses Juckpulver ist ein Teufelszeug und sollte verboten werden."
„Wir können ihn nachher verprügeln", schlug Holly vor. „Sieh dir an, was Tracy und ich gefunden haben."

„Das interessiert mich nicht", beklagte sich Belinda missgelaunt. „Meine Hand juckt wie verrückt."

„Schmier doch eine Salbe darauf", sagte Tracy. „Und hör auf zu jammern!"

Belinda ließ sich auf einen Stuhl plumpsen.

„Das ist es, was ich an euch so liebe", stellte sie fest. „Ihr seid so mitfühlend."

„Wir werden gleich mit dir fühlen." Holly schob eines der Bücher zu Belinda hinüber. „Lies zuerst das."

Murrend warf Belinda einen Blick in das aufgeschlagene Buch. Ihre juckende Hand war schlagartig vergessen, als sie die Seitenüberschrift las.

„Epona", las sie. „Keltische Göttin der Pferde." Sie sah auf. „Epona. So hat mich der verrückte Professor gestern genannt."

„Das stimmt", meinte Holly. „Und jetzt sieh dir an, wer dieses Buch geschrieben hat."

Belinda drehte das Buch um. „Keltische Mythologie", las sie. „Eine Untersuchung der alten Legenden von Lance P. Rothwell, Professor für europäische Archäologie." Sie starrte ihre Freundinnen überrascht an. „Er hat das geschrieben?"

„Allerdings", bestätigte Tracy. „Und zwar vor über fünfundzwanzig Jahren. Anscheinend beschäftigt er sich schon seit Urzeiten mit diesem Zeug."

Holly nickte. „Und im Laufe der Jahre hat er den Bezug zur Wirklichkeit verloren. Lies dir den Abschnitt über Epona durch, Belinda. Ich glaube, er erklärt den Auftritt des Professors am Hob's Mound."

Belinda schlug das Buch wieder auf und begann vorzulesen. „‚Es heißt, dass Epona, die Göttin der Pferde, den gehörnten Gott Cernunnus in einen magischen Hügel gelockt und ihn dort mit Hilfe ihrer Zauberkraft gebunden hat, auf dass er nie wieder erscheine, um die Welt zu plagen. Jahrhundertelang blieb dieser Hügel unentdeckt, doch sollte er einmal gefunden werden, wird der Legende zufolge keine Macht der Erde in der Lage sein, seine furchtbare Rache zu verhindern.‘"
Belinda blinzelte ihre Freundinnen an. „Meint ihr, der Professor glaubt diesen Unsinn?" Doch dann schüttelte sie den Kopf. „Bestimmt nicht. So bekloppt kann er gar nicht sein, oder doch?"
„Ich weiß es nicht", antwortete Tracy. „Du hast ihn doch gesehen. Holly und ich vermuten, dass er Hob's Mound für den Hügel hält, in dem Epona diesen Cernunnus eingesperrt hat. Deswegen ist er auch ausgeflippt, als er hörte, dass dort gegraben werden soll. Er nimmt vermutlich an, irgendein tobsüchtiger alter Gott schießt aus der Erde und bringt alles um, was ihm in die Finger kommt."
„Irre", hauchte Belinda und schlug das Buch zu. „Ich sag euch etwas: Wenn ich diesen Kerl je wieder sehe, werde ich weglaufen, so schnell ich kann. Er ist mir einfach unheimlich."
„Ich glaube, wir sollten Anne Fairfax das alles erzählen", überlegte Holly. „Gleich morgen, wenn wir wieder hinfahren. Und inzwischen werde ich mal versuchen, ein paar echte Fakten über die Kelten zu finden. Tatsachen, nicht dieses blöde Legendenzeug."

„Tu das. Ich gehe derweil ins Krankenzimmer und frage, ob sie dort eine Salbe für meinen Ausschlag haben." Belinda stand auf. „Und dann werde ich mir Jamie schnappen und ihn ganz, ganz langsam zu Tode foltern."

Belinda schlenderte den langen Hügel hinauf, auf dessen Kuppe sie wohnte. Sie lebte mit ihren Eltern in einem riesigen, im Schweizer Stil erbauten Haus im vornehmsten Viertel von Willow Dale, was ihrem Aussehen nach allerdings niemand vermutet hätte. Ihre Mutter beschwerte sich ständig und konnte nicht verstehen, warum Belinda am liebsten ein altes grünes Sweatshirt und schäbige Jeans trug, obwohl sie einen ganzen Schrank voll teurer Kleider besaß. Belinda ignorierte ihr ständiges Genörgel. Das Einzige, was ihr wirklich wichtig war, war Milton, ihr fuchsfarbener Vollblüter. Milton hatte einen eigenen Stall im hinteren Teil des großen Gartens, und als Belinda an diesem Tag von der Schule nach Hause ging, plante sie bereits den Ausritt, den sie am Spätnachmittag unternehmen wollte.

Sie war so tief in Gedanken versunken, dass sie das altersschwache Auto hinter sich nicht einmal kommen hörte. Als das Auto wenige Meter vor ihr am Bordstein zum Stehen kam, sprang sie erschrocken zur Seite. Sie erkannte es sofort wieder und ihr Magen krampfte sich zusammen. Es war derselbe Wagen, der am Vortag an der Hecke bei Hob's Mound gestanden hatte: der braune Wagen von Professor Rothwell, dem verrückten Professor.

Belinda war nicht feige, doch sie konnte nicht verhindern,

dass ihre Knie weich wurden, als der Professor ausstieg und auf sie zukam. Was hatte sie gesagt, würde sie tun, wenn sie ihn wieder sah? Wegrennen? Aber wohin? Er stand genau zwischen ihr und ihrem Zuhause. Also blieb sie stehen und beobachtete misstrauisch, wie er sich auf seinen Stock stützte und sie anstarrte.

Er zeigte mit dem Finger auf sie. „Ich kenne dich." Seine Stimme war gelassen und der wütende, wilde Ausdruck aus seinem Gesicht verschwunden. Jetzt sah er nur noch alt und müde aus.

„Sie müssen mich verwechseln", sagte Belinda betont gleichmütig.

„Ich habe dich schon ein paarmal gesehen." Er nickte. „Du bist am Fluss geritten. Ich weiß, wer du bist. Ich weiß, wer du *wirklich* bist."

„Entschuldigen Sie, ich muss nach Hause." Sie ging auf ihn zu und drückte sich an die Mauer, um den Abstand zu ihm so groß wie möglich zu halten.

Der alte Mann sah sie forschend an. „Du hast Angst", stellte er fest. Er nickte. „Du tust gut daran, Angst zu haben, aber ich kann dir helfen."

„Hören Sie", begann Belinda. „Es tut mir Leid, aber ich weiß nicht, wovon Sie sprechen. Darf ich jetzt bitte vorbei?"

Der alte Mann lachte leise und zog etwas aus seiner Tasche. „Nimm das, es wird dich beschützen. Hab keine Angst vor mir. Ich will dir helfen."

Belinda blickte auf seine ausgestreckte Hand. Darauf lag ein flacher, runder Stein mit einem Loch, durch das eine Lederschnur gefädelt war.

„Nein, danke", lehnte Belinda ab. „Ich will ihn nicht. Ich habe mich noch nie fürs Steinesammeln interessiert."
Der alte Professor trat einen Schritt vor, packte Belindas Arm und presste ihr den Stein in die Hand.
„Nimm ihn", befahl er. „Und halte dich von Hob's Mound fern. Die Dummköpfe wissen nicht, welche Gefahr sie dort freisetzen."
Belinda starrte ihn an. „Was für eine Gefahr?", stieß sie hervor. „Was meinen Sie damit?"
„Wenn sie das Grab öffnen, wird Cernunnus freikommen", sagte der Professor. „Und dann wird er sich an dir rächen."
„An mir?", fragte Belinda entgeistert. „Wieso denn das?"
Ein merkwürdiges Lächeln umspielte das Gesicht des Professors. „Weil du Epona bist. Du bist die Göttin der Pferde, die ihn dort eingesperrt hat." Er nickte, als Belinda ihn ungläubig ansah.
Sie schauderte, denn seine wilden Augen schienen sie zu durchdringen.
„Der Stein wird dich schützen", sagte er. „Trage ihn Tag und Nacht um den Hals. Sei gewarnt. Sie werden versuchen, ihn dir wegzunehmen, aber du darfst ihn auf keinen Fall jemandem geben."
Belinda hatte das Gefühl, dass Holly und Tracy vollkommen Recht hatten. Der alte Mann war wirklich verrückt. Sie zitterte bei dem Gedanken, was er als Nächstes tun würde.

Kapitel 3

Der Göttinnen-Stein

Am nächsten Morgen warteten Holly und Tracy vor dem Schultor ungeduldig auf Belinda. Sie hatte sie am Vorabend angerufen und ihnen von ihrem Zusammentreffen mit Professor Rothwell erzählt, natürlich auch von dem Stein, den er ihr in die Hand gedrückt hatte. Die beiden starben fast vor Neugier.

Inzwischen hatte sich Belinda von ihrem Schrecken erholt. Jetzt tat ihr der verwirrte alte Mann beinahe Leid. Schließlich hatte er ihr nichts getan. Er sah aus, als ob er sich echte Sorgen um sie machen würde, auch wenn der Grund dafür natürlich völlig abwegig war. Sofort nachdem er ihr den Stein aufgedrängt hatte, war er in sein Auto gestiegen und davongefahren.

Als sie ihr Rad auf dem Fußweg zum Schultor schob, hing der Stein an seinem Lederband um ihren Hals. Ihre beiden Freundinnen rannten ihr entgegen.

„Zeig ihn uns", verlangte Holly.

Belinda streifte sich das Lederband über den Kopf.
Tracy nahm den Stein in die Hand und drehte ihn um. Er war hellbraun und ziemlich glatt, abgesehen von dem Loch in seiner Mitte.
„Und was soll das sein?", fragte Tracy.
„Woher soll ich das wissen?", fragte Belinda. „Er meinte nur, ich sollte ihn zu meinem Schutz tragen, und mir war wirklich nicht danach, noch länger dort stehen zu bleiben und mit ihm zu plaudern."
„Meinst du, dass wir wegen deines verrückten Professors etwas unternehmen sollten?", fragte Tracy.
„Was denn zum Beispiel?", wollte Belinda wissen.
„Ich weiß es nicht genau", gab Tracy zu. „Wir könnten der Polizei sagen, dass er dich belästigt."
Belinda schüttelte den Kopf. „Ich glaube nicht, dass er eine Gefahr darstellt. Er ist einfach nur etwas sonderbar." Sie warf Tracy einen frechen Blick zu. „Und wenn man wirklich alle sonderbaren Leute der Polizei melden wollte, wärst du schon vor Monaten verhaftet worden."
„Oh, vielen Dank", meinte Tracy. „Du sprichst wohl aus Erfahrung?"
Holly lachte. „Was haltet ihr davon, heute nach der Schule einen weiteren Ausflug nach Hob's Mound zu machen? Man kann ja nie wissen – vielleicht haben sie dort inzwischen schon ein paar Schätze gefunden."
„Oder aber Cernunnus ist entwichen und hat sie alle umgebracht", murmelte Belinda.
„Du fängst doch nicht etwa an, all diesen Unsinn zu glauben, oder?", fragte Tracy.

Belinda lachte. „Natürlich nicht. Aber Holly hat Recht, vielleicht gibt es wirklich etwas zum Anschauen."
Die beiden begleiteten Belinda zu den Fahrradständern.
„Ich hoffe nur, dass der verrückte Professor nicht wieder auftaucht." Belinda grinste verlegen. „Noch mehr von seinem irren Geschwätz kann ich im Augenblick wirklich nicht ertragen."

Als der Mystery Club an diesem Nachmittag in Hob's Mound eintraf, hatte sich dort nicht viel verändert. Nur das Wetter war anders. Der blaue Himmel war nun mit dunklen Wolken bedeckt. Die Mädchen lehnten ihre Fahrräder ans Tor und gingen zum Hügel hinüber, wo mehrere junge Leute mit Graben beschäftigt waren.
Chris war unter ihnen, er hatte seine Ärmel hochgekrempelt, und seine Hände waren erdverkrustet. Auf dem Gras lag ein neuer, frischer Erdhaufen, und das Loch in der Seite des Hügels war tiefer als zuvor. Es ging voran – wenn auch unendlich langsam. Die Studenten durchsuchten jede Schaufel voll Erde genau, bevor sie sie auf den Haufen warfen. An einer Seite war ein Klapptisch aufgestellt worden. Anne Fairfax beugte sich über den Tisch und machte sich Notizen auf einem Klemmbrett.
„Hallo", rief Holly. „Stört es, wenn wir zusehen?"
„Aber nein." Chris lächelte und winkte ihnen zu. Er deutete auf den Tisch. „Wir haben ein paar Stücke gefunden."
Neugierig gingen die Mädchen zu dem Tisch hinüber. Auf einer Seite lag eine Sammlung kleiner Gegenstände in be-

schrifteten Plastiktüten. Anne Fairfax beschriftete gerade ein weiteres Etikett.

„Sind schon irgendwelche Schätze dabei?", fragte Tracy.

Anne Fairfax lächelte. „Wahrscheinlich nicht das, was du unter einem Schatz verstehst." Sie hielt eine kleine braune Tonscherbe hoch. „Sie stammt von den Kelten. Das ist ein gutes Zeichen." Sie steckte die Scherbe in eine Plastiktüte. „Es ist wie ein Puzzlespiel. Wir versuchen, aus diesen Scherben die Gefäße wieder zusammenzusetzen."

„Sind sie denn wertvoll?", fragte Tracy.

„Das kann man so nicht sagen", begann Anne Fairfax. „Für einen Archäologen sind sie unbezahlbar. Wir können aus Stücken wie diesem ungeheuer viel lernen." Sie lächelte. „Und dann gibt es noch Privatsammler, die ein kleines Vermögen dafür bezahlen würden. Aber diese Stücke hier gehen alle an ein Museum."

Sie richtete sich mit einem Seufzer auf.

„Hallo, was ist denn das?", fragte sie plötzlich, denn sie hatte den Stein an Belindas Hals entdeckt. Sie beugte sich vor, um ihn genauer betrachten zu können. „Woher hast du den?"

„Professor Rothwell hat ihn mir gegeben", berichtete Belinda. „Er sagte, dieser Stein würde mich beschützen." Sie sah Anne Fairfax verwirrt an. „Wissen Sie denn, was es ist?"

„Es ist ein Glücksstein", sagte Anne. „Die Kelten haben ihn benutzt, um Unheil abzuwehren. Er ist so etwas wie die keltische Version einer Hasenpfote. Wann hat er ihn dir denn gegeben?"

Belinda erzählte von ihrem Zusammentreffen mit dem alten

Mann. Anne Fairfax schüttelte den Kopf. „Er tut mir richtig Leid. Er war einmal ein großartiger Wissenschaftler."
Das Motorengeräusch eines Wagens, der durch das Tor fuhr, ließ sie aufhorchen. Einen schrecklichen Augenblick lang fürchtete Belinda, es wäre wieder der alte Professor, doch es war nicht sein Auto. Es war ein silberner Kombi. Er kam auf dem Gras zum Stehen und ein großer Mann mit einer Hakennase stieg aus. Er schob die Hände in die Taschen seiner kurzen Jacke und schlenderte auf den Tisch zu. Aus Annes Gesichtsausdruck konnte Holly schließen, dass sie den Mann kannte und ihn nicht leiden konnte.
„Was wollen Sie, Mallory?", fragte Anne Fairfax grob.
Der Mann lächelte. „Ist das eine Art, jemanden zu begrüßen, der Ihre Begeisterung für die Archäologie teilt?" Er ließ sich von Annes frostigem Gesichtsausdruck nicht im Mindesten beeindrucken und warf einen Blick auf den Tisch. „Schon etwas Interessantes gefunden?"
„Sie sind hier unerwünscht", sagte Anne Fairfax. „Und das ist alles, was ich Ihnen zu sagen habe."
Der Mann lächelte wieder und nahm eine der Tonscherben in die Hand, die noch nicht in einer Tüte steckten. „Das Angebot gilt noch", sagte er kühl und drehte das Fundstück in den Fingern hin und her. „Meine Klienten sind bereit, Spitzenpreise für alles zu zahlen, was sich lohnt. Sie wissen ja, wie langsam das Geld fließt, wenn Sie den normalen Weg wählen. Ich versuche nur, Ihnen etwas Zeit zu sparen."
„Und dabei Ihre eigenen Taschen zu füllen", sagte Anne Fairfax. „Ich habe es Ihnen bereits gesagt – alles, was wir hier finden, geht direkt ins Museum. Das bedeutet, Sie und

Ihre Privatsammler werden sich woanders umsehen müssen."

Der Mann schüttelte den Kopf. „Das ist eine Schande. Museen bezahlen so schlecht. Überlegen Sie nur, was Sie mit dem Geld anfangen könnten, das ich Ihnen biete." Er warf ihr einen verschlagenen Blick zu. „Damit könnten Sie sogar die Exkursion in die Bretagne bezahlen, für die Ihre Universität kein Geld lockermachen will."

„Woher wissen Sie davon?", fragte Anne Fairfax.

Mallory zuckte die Schultern. „Ich habe meine Quellen." Er sah zum Hügel hinüber. „Sind Sie schon dicht dran?"

„Ich habe Ihnen nichts zu sagen." Anne Fairfax nahm ihm das Fundstück aus der Hand. „Ich wünsche, dass Sie jetzt gehen. Hier ist für Sie nichts zu holen."

„Wie Sie meinen." Mallory wischte sich die Hand an der Jacke ab. „Sie wissen ja, wo Sie mich finden, falls Sie Ihre Meinung ändern." Auf dem Rückweg zu seinem Wagen drehte er sich noch einmal um. „Ich erwarte Ihren Anruf."

Holly und ihre Freundinnen standen schweigend da, denn sie hatten nicht verstanden, worum es bei dem Gespräch gegangen war. Holly war bestürzt darüber, wie verärgert Anne aussah, als der Mann sein Auto in einem großen Bogen wendete und durch das Tor davonfuhr.

„Wer war denn das?", fragte Tracy neugierig.

„Niemand", fauchte Anne Fairfax. „Absolut niemand."

Holly lächelte, in der Hoffnung, die eisige Stimmung zu durchbrechen. „Können wir Ihnen vielleicht helfen?"

„Ihr könntet nachsehen, ob meine Studenten noch etwas gefunden haben." Anne sah auf den Tisch hinab. „Außerdem

brauche ich noch mehr Tüten. Sie sind im Wohnwagen, falls eine von euch sie mir holen möchte."
„Ich gehe", bot Holly an.
„Nimmst du diese gleich mit?", fragte Anne Fairfax, ergriff die bereits gefüllten Tüten und lud sie Holly in die Arme. „Leg sie einfach auf den Schreibtisch."
„Und wir gehen los und sehen nach, ob Chris noch etwas ausgegraben hat", schlug Belinda vor.
Holly ging zum Wohnwagen hinüber. In seinem Innern sah es aus wie in einem sehr unordentlichen Büro. Es gab einen kleinen Schreibtisch, der mit Papieren übersät war, an den Wänden lagen hohe Stapel von Aktenordnern und auf dem Boden Berge von Kleidung und Gepäck.
Ich hätte fragen sollen, wo die Plastiktüten aufbewahrt werden, dachte Holly und stieg über eine Sammlung von Schaufeln und Hacken hinweg. Ihr Fuß blieb an etwas hängen, sie verlor das Gleichgewicht, die Tüten fielen ihr aus den Armen, und sie stürzte auf einen Haufen Kleidungsstücke.
Holly rappelte sich hoch und hoffte, dass ihr Sturz die Fundstücke nicht beschädigt hatte. Missmutig sah sie sich an, was sie zu Fall gebracht hatte. Es war der Riemen eines rotweißen Rucksacks. Sie war darin hängen geblieben und der Inhalt des Rucksacks war nun über den Fußboden verstreut.
„Wie ein Elefant im Porzellanladen", schimpfte sie mit sich selbst. Doch dann seufzte sie erleichtert auf. Soweit sie sehen konnte, hatte sie nichts zerbrochen. Die Jacken hatten den Aufprall der Tüten gedämpft.
„Oh nein! Jamie, dafür bringe ich dich um!" Holly starrte entsetzt auf das graue Pulver, das die Tüten bedeckte. Jamies

Juckpulver. Sie hatte das Röhrchen in ihrer Jackentasche vollkommen vergessen. Eigentlich hatte sie es irgendwo wegwerfen wollen, wo ihr Bruder es nicht finden konnte. Bei dem Sturz war das Pappröhrchen aus ihrer Tasche gefallen, und dabei war der Deckel aufgegangen.

Mit spitzen Fingern packte sie das Röhrchen und schaufelte so viel von dem Pulver wieder hinein, wie sie konnte, ohne es dabei zu berühren. Dann beugte sie sich vor und blies das restliche Juckpulver von den Tüten.

„Das müsste reichen", flüsterte sie und stand vom Fußboden auf. Sie nahm die Tüten einzeln mit den Fingerspitzen auf und legte sie auf den Rand des Schreibtisches. Es war erstaunlich, wie viele Schwierigkeiten es mit sich brachte, wenn man einfach nur helfen wollte.

Holly ging neben dem umgefallenen Rucksack in die Hocke. Ein in Stoff eingewickelter Gegenstand war halb herausgerutscht. Sie nahm ihn hoch und wunderte sich über sein Gewicht. Er war nur etwa zwölf Zentimeter groß, aber sehr schwer, als wäre er aus Metall. Ein Stück des Stoffs verrutschte, und sie sah Gold aufblitzen.

Holly kämpfte gegen ihre angeborene Neugier. Was war dieses schwere goldene Ding? Sie schlug den Stoff zurück. Ein goldener Kopf sah sie an. Der Kopf eines Mannes, der Hörner trug. Der Kopf einer goldenen Statue.

Plötzlich ertönte ein Schrei. Holly warf einen nervösen Blick zur Tür, denn sie fürchtete, man hätte sie beim Spionieren erwischt. Doch der Aufschrei war von draußen, von der Grabungsstelle gekommen.

Hastig faltete sie das Tuch wieder um die goldene Statue,

schob sie in den Rucksack und stopfte alle anderen Dinge dazu, die ebenfalls herausgefallen waren. Sie richtete sich auf und bemerkte einen Stapel leerer Plastiktüten auf einem Berg von Aktenordnern. Holly ergriff die Tüten und rannte die Eingangsstufen hinunter.

Alle standen um das Erdloch herum. Holly konnte sehen, wie Tracy aufgeregt auf und ab sprang. Es musste ein neues Fundstück aufgetaucht sein. Holly rannte hin, um nachzusehen.

Anne Fairfax hatte einen flachen grauen Stein auf der Handfläche liegen. Er war viereckig und kaum größer als ihre Hand. Sie war vollkommen begeistert davon. Chris und die anderen standen um sie herum und strahlten.

„Ein Göttinnen-Stein." Von Anne Fairfax' vorheriger Verärgerung war nichts mehr zu sehen. Sie wischte den Schmutz von der Oberseite des Steins. „Seht euch die Einritzungen an. Sie beweisen, dass ich Recht hatte. Hier liegt jemand sehr Wichtiges begraben."

„Was ist es?", fragte Holly.

„Ein Beweis dafür, dass wir auf der richtigen Spur sind", sagte Anne Fairfax. „Etwas, das du in deinem Artikel erwähnen kannst. Die Kelten haben diese Steine in den Eingängen ihrer Grabmale vergraben."

Holly betrachtete die in den flachen Stein gekratzten Spuren. Sie konnte nichts Sinnvolles darin erkennen.

„Was bedeuten die Symbole, Professor?", fragte einer der Studenten.

Anne Fairfax fuhr andächtig mit einem Finger über die Furchen. „Diese symbolisiert ein Pferd. Und diese Linien stellen

Epona dar, die Göttin der Pferde. Epona war eine ihrer mächtigsten Gottheiten. Hier muss ein von ihnen hochverehrter Stammesfürst liegen, denn andernfalls hätten sie ihm keinen Göttinnen-Stein mit dem Symbol von Epona ins Grab gegeben." Sie drückte den Stein verzückt an sich.
Belinda stieß Holly leicht mit dem Ellenbogen an. „Schon wieder Epona", flüsterte sie.
„Ich werde ihn sofort in die Universität bringen." Anne Fairfax sah zum stahlgrauen Himmel hinauf. „Es sieht nach Regen aus", stellte sie fest. „Ich denke, ihr solltet die Grabung für heute abdecken." Sie sah ihre Mitarbeiter an. „Gute Arbeit."
Anne Fairfax war in einem der Geländewagen davongefahren. Die Studenten räumten alles auf und breiteten eine Plane über die Grabungsstelle.
„Ich wünschte, sie hätten noch weitergegraben", sagte Tracy. „Ich kann es kaum erwarten, ein paar echte Schätze zu sehen. Ich nehme zwar an, dieses alte Steinzeug ist faszinierend für einen Archäologen, aber es ist doch nicht dasselbe, als würde man Gold oder Juwelen finden."
„Wir müssen uns unterhalten. Ich habe etwas gesehen, das ich nicht ganz verstehe." Holly sah sich um und schwieg, denn Chris kam auf sie zu.
„Was hast du denn gesehen?", wollte Belinda wissen.
„Pssst!", zischte Holly. „Das erzähle ich euch später."
„War das nicht aufregend?", fragte Chris. „Mit etwas Glück stoßen wir morgen auf die Grabkammer."
„Haben Sie gar keine Angst, dass jemand kommt und über Nacht alles ausgräbt?", fragte Holly.

„Einer von uns schläft immer im Wohnwagen", sagte Chris. „Wenn ihr in der nächsten halben Stunde nichts vorhabt, führe ich euch ein wenig herum. Hier gibt es ein paar faszinierende Dinge, wenn man nur weiß, wo man suchen muss."
„Es wird gleich regnen", sagte Belinda. „Und außerdem habe ich mein halbes Leben damit verbracht, in dieser Gegend auszureiten. Ich kenne mich hier vermutlich besser aus als Sie."
Chris grinste. „Der Regen lässt sicher noch eine Weile auf sich warten. Kennt ihr eigentlich die Blutige Quelle?"
Belinda sah ihn verblüfft an. „Wie bitte?"
Chris lachte. „Das dachte ich mir. Ich habe diese Gegend ausgiebig studiert. Kommt mit, ich zeige sie euch. Lasst eure Räder hier. Es ist nicht weit."
Er führte die Mädchen über die Wiesen zu einem tief liegenden Wäldchen.
„Kennen Sie den Mann, der vorhin hier war?", fragte Holly. „Professor Fairfax hielt wohl nicht besonders viel von ihm."
„John Mallory?", fragte Chris. „Ja, ich kenne ihn. Er kauft archäologische Funde für Privatsammler. Reiche Leute, die Stücke, die eigentlich öffentlich ausgestellt werden sollten, in ihre Tresore schließen, wo sie niemand sieht. Es hat mich überrascht, dass er dreist genug war, hier aufzutauchen. Er weiß genau, wie Anne über ihn denkt, und er muss auch wissen, dass er von ihr nie etwas bekommt." Chris runzelte die Stirn. „Ich hoffe, sie behält ihn trotzdem im Auge. Er würde sie sicher nur zu gern in Misskredit bringen, damit sie hier ihre Zelte abbrechen muss."

„Er hat auch eine Ausgrabung in der Bretagne erwähnt", sagte Belinda. „Worum ging es dabei?"
„In Frankreich gibt es einen großen Fundort, der darauf wartet, erforscht zu werden", antwortete Chris. „Aber solche Exkursionen sind sehr teuer. Das ist einer der Gründe, warum Anne auf einen großen Fund hier im Hob's Mound hofft. Wenn sie etwas Bedeutendes findet, wird die Universität eher bereit sein, ihr eine Ausgrabung im Ausland zu finanzieren." Er lächelte. „Ich hoffe, es klappt. Sie ist eine wundervolle ..." Er unterbrach sich. „Eine ausgezeichnete Wissenschaftlerin", fuhr er verlegen lächelnd fort.
Tracy zwinkerte Holly hinter seinem Rücken zu und malte mit dem Finger ein Herz in die Luft. „Sie mögen sie, nicht wahr?"
Chris sah sie erschrocken an. „Was meinst du damit?"
Tracy zuckte die Achseln. „Ach, es hört sich nur an, als hätten Sie sie recht gern, das ist alles."
„Zwischen uns ist überhaupt nichts", betonte Chris. „Falls es das ist, was du denkst. Überhaupt nichts."
„Schon gut, schon gut." Tracy wunderte sich, warum Chris so heftig reagiert hatte. „Das habe ich doch auch nie behauptet, oder?"
Chris lächelte. „Tut mir Leid. Aber ich möchte nicht, dass jemand denkt, Anne und ich hätten ein Verhältnis. Persönliche Beziehungen zwischen Professoren und ihren Studenten werden nicht gern gesehen."
Die Mädchen sahen einander an, sagten aber nichts. Chris hatte sich solche Mühe gegeben und damit nur erreicht, dass die Mädchen jetzt sicher waren, dass zwischen ihm und Pro-

fessor Fairfax etwas lief. Doch da er offensichtlich darauf bestand, seine Beziehung ihnen gegenüber geheim zu halten, waren Holly und ihre Freundinnen natürlich sofort bereit, das Thema fallen zu lassen.

„Ich hoffe, diese Quelle ist es wert", sagte Belinda, als sie sich durch den dichten Wald kämpften. „Wenn es anfängt zu regnen, werde ich aber ziemlich sauer sein." Ein dünner Ast strich ihr durch die Haare. „Und Querfeldeinläufe habe ich schon immer gehasst."

„Wir sind fast da", sagte Chris. „Folgt mir."

Er führte sie tiefer in die bewaldete Senke, bis sie plötzlich an eine steinige Lichtung kamen.

„Hier ist es. Vorsicht, der Boden ist sehr sumpfig." Zu ihren Füßen floss ein klarer Bach. Das glitzernde Wasser kam aus einer Felsspalte.

„Haben Sie uns den ganzen Weg hierher geschleppt, nur damit wir uns dieses Geplätscher ansehen?", fragte Belinda. „Wenn ich Wasser sehen will, drehe ich zu Hause den Hahn auf."

„Das hier ist etwas Besonderes", erklärte Chris. „Es kommt aus einem unterirdischen Fluss, der in den Skelter fließt. Ich hatte gehofft, das Wasser wäre rot. Das ist es nach starken Regenfällen immer. Aus diesem Grund nennt man diesen Ort die Blutige Quelle. Im Mittelalter hielten die Menschen es für ein Wunder, doch heute weiß man, dass der Bach bei Hochwasser unter den Hügeln roten Lehm mitnimmt." Er zeigte durch die Bäume. „Seht ihr, wie das Land dort drüben ansteigt?" Sie schauten hinüber zu den Hügeln, die aussahen wie die Buckel von Walen.

„Diese Hügel sind von Höhlen durchzogen", erklärte er. „Es gibt dort sogar einen tiefen Schacht, der von der Hügelkuppe bis zur Quelle hinunterführt. Ich nehme nicht an, dass sich eine von euch schon einmal als Höhlenforscherin versucht hat, oder?"
„Ich würde es aber gern mal machen", sagte Tracy.
„Du solltest es auf keinen Fall ohne erfahrenen Führer versuchen", warnte Chris. „Es kann sehr gefährlich sein. Du brauchst auch eine spezielle Ausrüstung, denn diese Höhlen sind wie ein Irrgarten. Wer sich in ihnen verirrt, findet nie wieder heraus."
„Ich bin müde und ich habe Hunger", unterbrach Belinda ihn. „Gibt es hier noch mehr faszinierende Pfützen, die Sie uns unbedingt zeigen müssen, oder sind wir jetzt erlöst?"
Chris lächelte entschuldigend. „Tut mir Leid. Ich dachte nur, es würde euch vielleicht interessieren."
„Beachten Sie sie gar nicht. Sie hat immer etwas zu meckern." Holly sah auf ihre Uhr. „Aber jetzt sollten wir uns wirklich auf den Rückweg machen."
Sie schlenderten zurück zu der Wiese mit dem Grabhügel. Ihre Fahrräder waren immer noch dort, wo sie sie abgestellt hatten. Nur Tracys Rad war umgefallen. Sie hob es auf.
„Bis morgen!", rief Chris, als sie davonradelten. „Morgen dürfte es viel zu sehen geben."

Die drei Mädchen saßen an Hollys Küchentisch und Holly erzählte ihren verblüfften Freundinnen von der goldenen Statue, die sie im Wohnwagen gefunden hatte.

„Sie kann nicht besonders wertvoll sein", stellte Belinda nach kurzem Überlegen fest. „Andernfalls wäre sie nicht dort gewesen. Wahrscheinlich ist es nur eine Kopie."
„Vermutlich", stimmte Holly ihr seufzend zu.
„Viel mysteriöser finde ich, dass der Name dieser Göttin der Pferde immer wieder auftaucht", verkündete Belinda.
„Das macht dir doch nicht etwa Angst?", fragte Tracy.
„Nein ...", antwortete Belinda langsam. „Angst nicht direkt. Aber ein bisschen unheimlich finde ich es schon."
Tracy lachte. „Belinda fürchtet sich vor Geistern! Jetzt kann mich gar nichts mehr erschüttern!"
„Ich fürchte mich überhaupt nicht", wehrte Belinda ab.
„Trotzdem wette ich, dass dich bei Nacht keine zehn Pferde nach Hob's Mound bringen würden", sagte Tracy.
„Ich würde auch nachts hingehen, wenn es die Mühe wert wäre", beteuerte Belinda. „Warum machst du es nicht, wenn du es für eine so gute Idee hältst?"
„Und was ist mit Chris und Anne Fairfax?", fragte Holly. „Was meint ihr, was zwischen den beiden vorgeht?"
Tracy lachte. „Ich finde, er war ziemlich deutlich. Er hat doch beinahe zugegeben, dass er heimlich ein Verhältnis mit ihr hat."
„Ich hoffe, du hast nicht die Absicht, es in deinem Artikel zu erwähnen", sagte Belinda. „Er mag ja der schlechteste Lügner der Welt sein, aber er gibt sich solche Mühe, es geheim zu halten."
„Nein, ich werde es niemandem verraten. Es geht uns ja auch nichts an. Außerdem mag ich ihn und Anne Fairfax ebenfalls." Holly lächelte. „Wenn es in diesem Tempo weiter-

geht, wird das der beste Artikel, den ich je geschrieben habe. Sie haben uns alle sehr geholfen, findet ihr nicht?"

Die Mädchen verbrachten den Abend in Hollys Zimmer, unterhielten sich über die Ausgrabungen und halfen Holly bei ihrem Artikel. Es wurde schon dunkel, als Tracy sich auf den Heimweg machte. Sie musste grinsen. Belinda war wirklich nervös, dachte sie. Ich wette, sie würde nicht einmal nachts nach Hob's Mound gehen, wenn man sie dafür bezahlte!

Sie sah an der Lenkstange ihres Rades vorbei nach unten und wollte das batteriebetriebene Licht einschalten. Doch die Lampe klemmte nicht mehr in ihrer Halterung. Verwundert brachte sie ihr Rad zum Stehen.

„So ein Mist! Ich muss sie verloren haben." Sie ließ den Tag in Gedanken Revue passieren und überlegte, wo die Lampe geblieben sein konnte. „Sie ist an der Grabungsstelle!" Ihr war gerade wieder eingefallen, wie sie ihr Rad im Gras gefunden hatte. „Sie muss dort irgendwo liegen."

Es würde sie nur etwa zehn Minuten kosten, zu der Wiese zu radeln und ihre Lampe zu holen. Nur gut, dass ich nicht an Geister glaube, dachte Tracy, als sie sich im Licht der Abenddämmerung auf den Weg nach Hob's Mound machte. Ansonsten könnten einen diese ganzen Schatten wirklich verrückt machen. Sie musste allerdings zugeben, dass in dem rasch schwindenden Licht alles etwas unheimlich aussah. Es war ungewöhnlich still, als sie die Landstraße entlangradelte und den schwarzen Umriss von Hob's Mound vor sich aufragen sah.

Tracy erreichte das Tor. Die Wiese war ein Meer aus schwar-

zen Schatten. Sie starrte in die Dunkelheit. Hob's Mound wirkte wie eine undurchdringliche schwarze Wand. Sie stieg von ihrem Rad und schritt durch das Tor. Sie brauchte kaum zu suchen; die weiße Lampe hob sich von dem Gras unter der Hecke deutlich ab. Sie hob sie auf und wand sich zum Gehen.
Doch im selben Augenblick hielt sie den Atem an. Am Fuß von Hob's Mound tanzte ein unheimliches gelbes Licht! Sie stand bewegungslos auf einem Fleck, bis das Licht auf sie zuzukommen schien und ein tiefes Stöhnen ertönte.
Tracy schluckte und hatte die Augen vor Schreck weit aufgerissen. Konnte es wahr sein? Spukte es tatsächlich am Hob's Mound? Kalte Angst packte sie, als das unheimliche Licht durch die Dunkelheit auf sie zukam. Ein tiefes, boshaftes Lachen hallte über die Wiese.
Das war zu viel. Tracy rannte zum Tor und sprang auf ihr Rad. Sie wirbelte es herum und fuhr so schnell sie konnte der Sicherheit der Stadt entgegen.
„Es gibt keine Geister. Es gibt keine Geister!", keuchte sie, und die Räder surrten über den Asphalt. In voller Fahrt klemmte sie die Lampe in ihre Halterung und schaltete sie ein. Der Lichtstrahl fuhr unkoordiniert über Büsche und Hecken und das schwache Licht spendete ihr nur wenig Trost.
Tracy spürte, dass Schweißtropfen ihren Rücken herunterrannen, als sie endlich die beruhigenden Lichter der Stadt vor sich sah. In wenigen Minuten würde sie zu Hause sein. In Sicherheit.
Und sie hatte über Belindas Furcht gelacht!

Kapitel 4

Ein vergrabener Schatz

Im kühlen Licht des Morgens hätte Tracy sich für ihr Verhalten am Vorabend am liebsten selbst einen Tritt gegeben. Schließlich war sie keine Sechsjährige mehr. Warum hatte sie ihre Fantasie so mit sich durchgehen lassen? Dafür musste es eine einfache, logische Erklärung geben.

Ihre Mutter war schon aufgestanden und wollte sich gerade auf den Weg in ihren Kindergarten machen, als Tracy mit einer Scheibe Toastbrot in der Hand hereinkam. Mrs Foster sah sie überrascht an, denn Tracy trug bereits ihre Laufshorts und war bereit, das Haus zu verlassen.

„Du bist aber heute sehr früh auf", stellte ihre Mutter fest. „Was ist los? Konntest du nicht schlafen? Oder trainierst du jetzt für einen Marathon?" Tracy ging jeden Morgen joggen, doch gewöhnlich nicht so früh wie an diesem Tag.

„Ich habe sehr gut geschlafen", antwortete Tracy nicht ganz wahrheitsgemäß. „Ich wollte heute Morgen nur etwas länger laufen als sonst."

„Übertreib es nicht", mahnte ihre Mutter lächelnd. „Du musst nicht unbedingt jeden Tag einen Rekord brechen."
Tracy lächelte ebenfalls. „Das tue ich nicht. Keine Sorge." Sie schlüpfte zur Tür hinaus, doch statt ihre gewohnte Strecke durch die Nebenstraßen einzuschlagen, lief sie im gleichmäßigen Trab in Richtung Hob's Mound.
Die Regenwolken hingen immer noch drohend über der Stadt, doch bisher waren nur ein paar vereinzelte Tropfen gefallen und hatten die Morgenluft abgekühlt.
Dies war die einzige Methode, die ihr einfiel, um die Furcht zu besiegen, die sie am Vorabend veranlasst hatte, wie von Furien gehetzt zur Stadt zurückzurasen. Sie musste noch einmal zum Hob's Mound, um sich selbst zu beweisen, dass es dort nichts Unheimliches oder Geheimnisvolles gab.
Sie lief ruhig die lange, ansteigende Straße zwischen den Feldern hinauf, atmete tief und gleichmäßig und genoss die Stille des frühen Morgens. Am Tor blieb sie stehen. Der graue Wohnwagen stand einsam und allein im taufeuchten Gras. Es war noch niemand erschienen, um die Ausgrabungsarbeit fortzusetzen. Hob's Mound wirkte vollkommen harmlos und unschuldig.
„Siehst du?", sagte Tracy laut zu sich selbst. „Es ist bloß ein Hügel und nichts, vor dem man Angst haben müsste."
In diesem Augenblick öffnete sich die Tür des Wohnwagens und Chris Lambert kam die Stufen herunter, gähnte und streckte sich. Er bemerkte sie und winkte ihr zu. Sie winkte zurück und wartete, dass er zu ihr kam.
„Du bist etwas zu früh gekommen." Er lächelte. „Die anderen werden allerfrühestens in einer Stunde hier sein." Er be-

trachtete ihre Laufkleidung. „Oder kommst du nur zufällig hier vorbei?"

„Nein, ehrlich gesagt nicht", gab Tracy zu. „Waren Sie die ganze Nacht hier?"

Chris nickte. „Das sagte ich doch. Einer von uns übernachtet immer hier und letzte Nacht war ich an der Reihe."

„Sie haben letzte Nacht nicht zufällig etwas gehört?", fragte Tracy vorsichtig.

„Was denn zum Beispiel?", fragte Chris.

Tracy erzählte von ihrem späten Besuch am Hob's Mound und von dem Licht und den unheimlichen Geräuschen.

Chris lachte. „Ich glaube fast, du bist auf die alten Legenden hereingefallen. Du hörst dich an, als glaubtest du, einen Geist gesehen zu haben."

Tracy schüttelte den Kopf. „Ich glaube nicht an Geister", verteidigte sie sich.

„Dann musst du es dir eingebildet haben!"

„Nein", widersprach Tracy. „Ich habe etwas gesehen."

„Hör zu, wenn wirklich jemand hier gewesen wäre, hätte ich ihn gehört." Chris musterte sie eingehend. „Ich schwöre dir, dass außer mir niemand hier war. Und ich bin ganz bestimmt nicht mit einer Lampe draußen herumgegeistert, das kannst du mir glauben."

„Was habe ich denn dann gesehen?", fragte Tracy.

Chris sah sie nachdenklich an. „Du glaubst doch nicht etwa, dass der alte Mann Recht haben könnte, oder? Sollte Hob's Mound vielleicht doch verflucht sein? Du musst wissen, dass es die Legenden um das Licht von Hob's Mound schon seit Jahrhunderten gibt."

„Aber daran glauben Sie doch nicht, oder?", wollte Tracy wissen.

Chris zuckte die Schultern. „Das musst *du* mir sagen. Du warst es schließlich, die das Licht gesehen und das Stöhnen gehört hat."

„Stöhnen und unheimliches Lachen", sagte Tracy. „Und es kam auf mich zu, als ob es mich verjagen wollte."

Chris pfiff leise durch die Zähne. „Das ist wirklich merkwürdig. Ich weiß keine Erklärung dafür."

„Ich auch nicht." Tracy lächelte. „Vielleicht haben Sie ja doch Recht, und ich habe mir das alles nur eingebildet. Kurz vorher haben Belinda und ich versucht, uns mit Gespenstergeschichten gegenseitig Angst einzujagen. Wahrscheinlich hat mir nur meine Fantasie einen Streich gespielt." Sie drehte sich um und blickte den Hügel hinab. „Ich mache mich jetzt lieber wieder auf den Weg. Sonst komme ich zu spät zur Schule."

„Ich denke, du hast nur den Wind gehört", vermutete Chris. „Vielleicht hast du dir das Licht eingebildet." Er sah sie beunruhigt an. „Entweder das, oder auf diesem Ort liegt wirklich ein Fluch."

„Jetzt habe ich Sie auch schon angesteckt", stellte Tracy lachend fest.

„Nein, bestimmt nicht", wehrte Chris ab. „Aber wenn ich das nächste Mal hier übernachte, werde ich die Augen offen halten. Nur für alle Fälle."

Tracy joggte zurück zur Stadt. Sie duschte, zog sich um und schwang sich dann auf ihr Fahrrad. Sie fand Holly und Belinda in ihrem Klassenzimmer und erzählte ihnen von ihren

Erlebnissen. Dabei bemühte sie sich, möglichst sachlich zu berichten und ihre panische Angst nicht zu erwähnen.
„Chris war heute Morgen dort. Er sagte, dass er letzte Nacht niemanden gehört oder gesehen hat. Ich schätze, das Licht, das ich gesehen habe, war nur eine Reflexion oder so etwas, und die Geräusche wurden durch den Wind verursacht."
„Ob Professor Rothwell dahinter steckt?", überlegte Holly. „Ihr wisst ja, wie sehr er sich mit diesem Ort anstellt und spielt Geist, um die Leute zu verscheuchen. Vielleicht will er auf diese Weise die Arbeiten stoppen." Ihre Augen leuchteten, denn ihr war ein neuer Gedanke gekommen. „Was ist, wenn er gar nicht so verrückt ist, wie er zu sein scheint? Was ist, wenn er einen ganz anderen Grund hat, die Leute von diesem Hügel fern zu halten?"
„Du meinst, er könnte alle vertreiben wollen, um das ganze Zeug für sich selbst zu haben?" Belinda schüttelte den Kopf. „Das kann ich mir nicht vorstellen! Ich denke, er glaubt wirklich an all diese Legenden."
„Ich weiß nicht, wer oder was es war", sagte Tracy. „Ich weiß nur, dass ich nachts nicht mehr dorthin gehen werde."
Belinda grinste. „Hattest du Angst, die Geister würden dich erwischen? Gib's zu, du bist doch bestimmt vor Angst fast gestorben."
„Natürlich nicht", gab Tracy zurück. „Und wenn du so sicher bist, dass das alles Unsinn ist, warum trägst du dann immer noch diesen Stein um den Hals?"
Belinda lachte. „Weil er mir gefällt. Ich trage ihn bestimmt nicht, um mich vor Geistern zu schützen. Außerdem treibt

er meine Mutter zum Wahnsinn, und das allein ist Grund genug, ihn zu tragen."
„Wollen wir nach der Schule wieder zum Hob's Mound fahren?", fragte Holly.
„Also, ich fahre", rief Belinda. „Aber Tracy wird es vielleicht nicht riskieren wollen. Die Geister könnten wiederkommen und sie sich holen."
„Zum allerletzten Mal", schimpfte Tracy äußerst gereizt, „ich glaube nicht an Geister. Und ich hatte auch keine Angst."
„Wir glauben dir ja", behauptete Holly lachend. „Tausend andere würden es vielleicht nicht tun, aber wir glauben dir. Außerdem ist mir noch etwas eingefallen, was ich heute Nachmittag tun möchte. Ich will ins Museum. In einem der Bücher, das ich mir in der Schulbibliothek ausgeliehen habe, war ein Ort namens Elfbolt Hill erwähnt, der etwa fünfunddreißig Kilometer von hier entfernt ist. Es ist ebenfalls ein keltischer Grabhügel, in dem vor Jahren ein ganzer Haufen von Dingen gefunden wurde. Die Stücke sind alle im Museum ausgestellt und ich würde sie mir gern ansehen."
„Ich dachte, wir wollten direkt zum Hob's Mound fahren", wandte Belinda ein.
„Wir haben genug Zeit, um beides zu schaffen", erinnerte Holly. „Aber das Museum schließt recht früh, deshalb würde ich dort gern zuerst hinfahren. Ihr müsst nicht mitkommen, wenn ihr keine Lust habt."
„Wir kommen mit", verkündete Belinda. „Und dann fahren wir zur Grabungsstelle und sehen nach, ob dort nun wirklich etwas gefunden wurde."

Das Museum von Willow Dale befand sich in einem kleinen Steingebäude im alten Stadtkern hinter der Kirche. Es bestand nur aus drei oder vier mittelgroßen Räumen, in denen hauptsächlich Fundstücke aus der näheren Umgebung und verschiedene Informationen über die Geschichte des Ortes zu finden waren.
Die drei Mädchen schlossen ihre Räder an das Geländer vor dem Haus und stiegen die breiten Stufen hinauf, die sie in die Eingangshalle führten. Eine ältere Dame saß strickend hinter einem Tisch voller Postkarten und Museumsführer. Von der Empfangshalle aus konnten sie in die hintereinander liegenden Ausstellungsräume mit ihren vielen Glasvitrinen schauen.
„Entschuldigen Sie", bat Holly. „Können Sie uns sagen, wo wir die Fundstücke von Elfbolt Hill finden?"
Die Frau sah von ihrer Strickarbeit auf. „Ihr sucht die keltischen Artefakte? Ich hoffe, ihr seid nicht extra deswegen gekommen?"
Holly runzelte die Stirn. „Wieso? Sind sie nicht hier?"
„Doch, das schon", entgegnete die Frau. „Aber ihr könnt sie euch momentan leider nicht ansehen."
„Warum? Ist etwas damit passiert?", wollte Tracy wissen.
„Nein, nein", sagte die Frau. „Sie werden nur zurzeit nicht ausgestellt. Einige Studenten von der Universität benutzen sie gerade zu Forschungszwecken. Sie sind im Arbeitsraum eingeschlossen. Aber wenn ihr nächste Woche wiederkommen wollt, könnt ihr sie bestimmt sehen."
Die Frau bemerkte die Enttäuschung auf den Gesichtern der Mädchen.

„War es sehr wichtig?", fragte sie.

„Ich schreibe einen Artikel für unsere Schülerzeitung", erklärte Holly. „Nächste Woche wird es zu spät sein."

Die Frau nahm einen Museumsführer vom Stapel und blätterte ihn durch. „Hier sind ein paar gute Fotos, falls dir das etwas nützt." Sie breitete die Broschüre vor ihnen aus. Die Mädchen beugten sich über den Tisch, um sich die Bilder anzusehen.

Holly machte große Augen. Zwischen den Abbildungen von bronzenen Gürtelschnallen, Armbändern und Broschen war ein Bild, das ihr sofort ins Auge fiel. Eine goldene Statue. Die Statue eines stehenden Mannes, aus dessen Kopf ein Paar Hörner herauswuchsen.

Es sah genauso aus, wie der goldene Kopf, der aus dem Tuch hervorgesehen hatte, in das die Statue im Wohnwagen eingewickelt gewesen war.

„Wie groß ist diese Statue?", fragte Holly die Frau und deutete auf das Foto.

„Oh, nicht sehr groß. Die genauen Maße findest du unter der Abbildung."

Holly überflog die Beschreibung unter dem Foto.

„Goldene Statue des gehörnten Gottes Cernunnus. Keltischen Ursprungs, ca. 200 v. Chr. Höhe: 14 cm. Gefunden von Professor L. P. Rothwell in Elfbolt Hill, Yorkshire."

Holly blieb der Mund offen stehen. „Professor Rothwell hat diese Statue gefunden?" Sie starrte die Frau an. „Der Professor Rothwell, der hier lebt?"

„Ja, ich glaube, er wohnt hier irgendwo in der Gegend. Kennt ihr ihn denn?"

„Ob wir den Professor kennen?", hauchte Tracy. „Das kann man wohl sagen."

„Ich glaube, er führt eine Art Einsiedlerleben", sagte die Frau. „Früher kam er gelegentlich her, aber seit einem oder zwei Jahren habe ich ihn nicht mehr gesehen."

„Sind Sie vollkommen sicher, dass sich diese Statue noch hier befindet?", fragte Holly. „Oder könnte es sein, dass sie verschwunden ist?"

Die Frau sah Holly verwirrt an. „Natürlich ist sie noch hier. Ich habe sie heute Morgen selbst gesehen. Sie ist im Arbeitsraum eingeschlossen. Wie kommst du darauf?"

„Ich dachte, ich hätte solch eine Statue schon einmal woanders gesehen", antwortete Holly ausweichend. „Ist sie die Einzige ihrer Art?"

„Im Museum von Edinburgh gibt es eine ähnliche Statue. Und noch mehrere andere, die über ganz Europa verteilt sind. Aber dies ist die Einzige, die in unserem Teil des Landes gefunden wurde."

„Vielen Dank. Jetzt müssen wir aber wieder gehen." Holly scheuchte Belinda und Tracy die Stufen hinunter.

„Es ist dieselbe, die ich auch im Wohnwagen von Professor Fairfax gesehen habe", verkündete Holly den beiden aufgeregt. „Ich bin mir vollkommen sicher."

Belinda zuckte die Schultern. „Du hast doch gehört, was die Frau gesagt hat. Die echte Statue ist im Museum eingeschlossen. Was du gesehen hast, muss eine Kopie gewesen sein."

„Wahrscheinlich hast du Recht", gab Holly zu. „Aber es ist doch komisch, dass ausgerechnet Professor Rothwell das

ganze Zeug in Elfbolt Hill gefunden hat. Vielleicht hat er erst angefangen zu spinnen, nachdem er die Stücke dort herausgeholt hat." Sie sah ihre Freundinnen viel sagend an. „Vielleicht ist dort irgendwas mit ihm passiert?"
„Was denn zum Beispiel?", wollte Tracy wissen. „Glaubst du vielleicht, jemand hätte ihn dort mit einem Fluch belegt oder so etwas? Nun hör aber auf, Holly. Der Kerl ist schlicht und einfach übergeschnappt."
„Können wir jetzt zum Hob's Mound fahren?", fragte Belinda. „Wir versäumen den ganzen Spaß, wenn wir nur hier herumstehen und diskutieren."
Sie schlossen ihre Räder auf. Als sie sie zur Fahrbahn schoben, erklangen Schritte hinter ihnen.
„Welch ein Zufall. So trifft man sich wieder." Die Mädchen sahen sich um.
Es war der hakennasige Mann, den Anne Fairfax am Vortag von der Ausgrabung vertrieben hatte. John Mallory, der Händler mit den reichen Kunden.
Er lächelte. „Erkennt ihr mich nicht wieder?"
„Doch, allerdings", sagte Tracy.
„Wart ihr schon am Hob's Mound?", fragte er und beachtete ihre abweisenden Mienen überhaupt nicht. „Wie ich hörte, stehen sie dort kurz vor dem großen Durchbruch."
„Darüber wissen wir nichts", gab Holly kurz angebunden zurück.
Er nickte. „Ah, ich sehe, Professor Fairfax hat euch von mir erzählt. An eurer Stelle würde ich nicht alles glauben, was sie euch sagt."
„Okay, wir werden es ihr ausrichten", sagte Tracy. „Wir fah-

ren jetzt hin. Sie rechnen damit, heute die Grabkammer zu erreichen."

„Tracy!", zischte Holly.

Mallorys Augenbrauen hoben sich. „Tatsächlich? Ich hätte nicht gedacht, dass sie schon so dicht dran sind. Vielen Dank, dass du es mir gesagt hast." Er lächelte die Mädchen an, und sein Blick fiel auf den Stein, den Belinda um den Hals trug. Er beugte sich vor.

„Woher hast du das?", fragte er.

„Es ist ein Geschenk."

„Was du nicht sagst", murmelte er. „Weißt du auch, was es ist?"

„Ja, allerdings." Belinda sah die anderen an. „Wollen wir fahren?"

„Ich kenne Leute, die für ein Stück wie dieses ein hübsches Sümmchen zahlen würden", fuhr Mallory fort, ohne im Geringsten auf Belindas groben Tonfall zu reagieren.

„Tut mir Leid", sagte sie. „Der Stein ist nicht zu verkaufen."

Mallory richtete sich auf. „Wie du meinst." Er nickte den Mädchen zu und ging davon.

„Du dumme Nuss!" Holly sah Tracy empört an. „Warum musstest du ihm erzählen, dass sie heute die Grabkammer erreichen? Das war es doch gerade, was er hören wollte!"

„Schrei mich nicht an", gab Tracy zurück. „Er hätte es doch ohnehin früher oder später herausgefunden, oder etwa nicht?"

„Wenn er schon dort ist, wenn wir ankommen, wissen wir auf jeden Fall, wem wir das zu verdanken haben", brummte Belinda. „Tracy Plappermaul hat wieder zugeschlagen."

„Ach, vergesst das doch", sagte Tracy. „Hast du es nicht gemerkt? Er hat versucht, dir den Stein abzunehmen."
„Na und?", meinte Belinda. „Er handelt mit solchem Zeug. Was ist schon dabei?"
„Hast du uns nicht erzählt, der Professor hätte vorausgesagt, dass jemand versuchen würde, dir den Stein wegzunehmen?", fragte Tracy. „Und genau das hat Mallory versucht. Findest du das nicht auch ein bisschen merkwürdig?"
„Er hat nicht versucht, ihn mir wegzunehmen", verbesserte Belinda sie. „Er wollte ihn kaufen. Und er hat mich nicht gerade ernsthaft bedrängt, oder? Es war reiner Zufall, Tracy. Oder glaubst du jetzt, dass der alte Rothwell in die Zukunft sehen kann?"
„Das habe ich nicht gesagt", erwiderte Tracy mürrisch. „Ich finde es nur komisch, das ist alles."
„Wollen wir losfahren?", fragte Holly. „Ich will noch zu Hause vorbei und Bescheid sagen, dass ich heute später komme." Sie schob ihr Rad auf die Straße. „Los, kommt, zum Schatz!"

Die drei gingen gerade auf die Haustür zu, als Jamie aus dem Haus geschossen kam. In der Hand hielt er eine schmutzigweiße Porzellanscherbe.
„Ich habe gegraben und das hier gefunden. Es war fast einen Meter tief. Ich wette, es ist uralt."
Holly riss ihren Kopf zurück, als er mit der Scherbe unter ihrer Nase herumwedelte. „Ich wette, es stammt mindestens von den Römern", krähte er.

Holly entriss ihm das Porzellanstück. „Von den Römern", spottete sie und wischte die Erde davon ab. „Du lebst wirklich in deiner eigenen Welt, nicht wahr? Sieh dir das an!" Sie hielt ihm seinen Fund vor die Nase. „Es ist nur ein Stück von einem alten Teller. Es steht sogar ‚Hergestellt in Birmingham' darauf!"

Die Mädchen lachten, und Jamie wurde rot. „Na und?", gab er zurück. „Vielleicht haben die Römer ihr Zeug in Birmingham herstellen lassen. Was sollte dagegen sprechen?"

„Die Tatsache, dass es Birmingham zu Zeiten der Römer wahrscheinlich noch gar nicht gegeben hat", lachte Belinda. „Und selbst wenn es doch schon da war, hatte es bestimmt einen anderen Namen."

„Mehr Glück beim nächsten Mal", sagte Tracy. Jamie schnappte sich das Tellerbruchstück aus Hollys Hand und schleuderte es wutentbrannt in die Hecke.

„Richte Mam bitte aus, dass ich heute später heimkomme, ja?", bat Holly ihren Bruder.

„Die ist nicht da!", gab Jamie noch immer wütend zurück.

„Ist dann wenigstens Dad zu Hause?", fragte Holly ungeduldig.

„Nein. Er musste etwas ausliefern. Ach ja, vor etwa einer halben Stunde hat jemand mal für dich angerufen. Es war Tracys Freund."

„Kurt?", fragte Tracy. „Was wollte er denn?"

„Er sagte Ihr sollt so schnell zur Ausgrabung kommen, wie ihr könnt", berichtete Jamie.

„Super! Sie müssen etwas gefunden haben", rief Tracy. „Los, kommt, machen wir uns auf den Weg."

Sie ließen den missgelaunten Jamie im Garten zurück und radelten mit Volldampf zum Hob's Mound, um zu sehen, was Professor Fairfax und ihre Mannschaft in dem alten keltischen Grabmal gefunden hatten.

Vor dem Tor parkten mehrere Autos, und vor der Grabungsstelle hatte sich eine kleine Menschenmenge versammelt. Durch die Lücken in der kleinen Gruppe konnte Holly Anne Fairfax sehen, die in der Mitte stand und etwas hochhielt. Etwas, das in der Sonne funkelte. Holly kam schlitternd zum Stehen, und ihr Unterkiefer klappte herunter.
„Was ist los?", schnaufte Belinda, die gegen sie geprallt war. „Was ist denn?"
„Es ist eine goldene Statue", stieß Holly hervor.
„Wahnsinn!", keuchte Tracy. „Sie haben wirklich einen echten Schatz gefunden!"
„Aber seht ihr es denn nicht?", flüsterte Holly und sah ihre Freundinnen eindringlich an. „Es ist genau die Statue, die wir auch in der Broschüre des Museums gesehen haben. Und es ist exakt dieselbe, die aus dem Rucksack gefallen ist." Sie zog ihre Freundinnen mit sich von der Menschenmenge fort.
„Bist du dir wirklich ganz sicher?", fragte Belinda. „Du musst dich irren."
„Ich irre mich nicht", verkündete Holly. „Und ihr wisst auch, was das bedeutet, nicht wahr? Es bedeutet, dass diese ganze Sache ein einziger Betrug ist!"

Kapitel 5

Betrug

Die drei Mädchen sahen wie betäubt zwischen den Menschen hindurch. Anne Fairfax strahlte übers ganze Gesicht und hielt die Statue für die Fotografen hoch wie ein Sportler seinen Pokal. Hollys Worte hatten die drei erstarren lassen. War es möglich? Konnte es sich bei der glänzenden Statue um eine Fälschung handeln?
„Was willst du tun?", flüsterte Belinda.
„Ich weiß es nicht." Holly sah ihre Freundinnen verunsichert an. „Ich könnte mich ja auch irren."
„Aber du hast gesagt, du wärst ganz sicher", beharrte Tracy. „Und die Statue sieht wirklich aus wie die auf dem Foto."
„Ich weiß, ich weiß", gab Holly zu. „Aber wie kann ich sicher sein, dass es die aus dem Rucksack ist? Ich kann sie schlecht vor all diesen Leuten als Lügnerin bezeichnen."
„Du musst aber etwas tun. Wenn diese ganze Sache ein Betrug ist, müssen die Reporter es erfahren." Tracy gab Holly einen Stoß. „Los, sag etwas."

Zögernd ging Holly auf die versammelten Reporter zu und drängte sich nach vorn durch. Sie entdeckte Chris, der neben Anne Fairfax stand, von einem Ohr zum anderen grinste und sie ansah, als wäre sie der wundervollste Mensch auf Erden. Kurt war ebenfalls dort und fotografierte eifrig.
Es sah aus, als hätte der Fund Reporter und Fotografen von sämtlichen Zeitungen des Landes angelockt. Anne Fairfax wurde von allen Seiten mit Fragen bombardiert. Holly hatte sich in die erste Reihe durchgekämpft.
„Professor Fairfax", rief sie. „Ist vor einigen Jahren nicht ganz hier in der Nähe eine ziemlich ähnliche Statue gefunden worden?"
Anne Fairfax drehte sich in ihre Richtung, denn Hollys Frage hatte den allgemeinen Lärm übertönt.
„Das ist absolut richtig", sagte sie. „Sie wurde von Professor Rothwell nur dreißig Kilometer von hier entdeckt."
„Ist es nicht etwas ungewöhnlich, zwei derartige Statuen so dicht beieinander zu finden?", fragte Holly.
Das Lächeln von Anne Fairfax wirkte jetzt etwas angestrengt. „Ungewöhnlich schon. Aber es ist schon vorgekommen. Dieses Grab stammt aus derselben Zeit wie das von Elfbolt Hill, wo die andere Statue gefunden wurde. Es gibt keinen Grund dafür, warum Grabbeigaben aus derselben Zeit sich nicht ähneln sollten. Die verschiedenen Keltenstämme haben damals schließlich alle dieselben Gottheiten verehrt."
Auf der anderen Seite der Menschenmenge entstand Unruhe, denn dort drängte sich jemand rücksichtslos nach vorn durch. Es war John Mallory. Er starrte Anne Fairfax

mit zusammengekniffenen Augen an und hatte seine Hände tief in die Taschen geschoben.

„Wenn Sie keine weiteren Fragen haben", sagte Anne Fairfax, „ist es jetzt an der Zeit, diesen wundervollen Fund in die Universität zu bringen, damit er auf seine Echtheit geprüft werden kann. Ich danke Ihnen allen für Ihr Kommen und verspreche Ihnen, Sie über alle weiteren Erkenntnisse auf dem Laufenden zu halten."

„Einen Augenblick", warf Mallory lautstark ein. „Sie sagten doch, es sei schon vorgekommen, dass ähnliche Statuen nahe beieinander entdeckt wurden, nicht wahr?"

„Das ist richtig", erwiderte Anne Fairfax scharf.

Mallory grinste hämisch. „Es soll aber auch schon vorgekommen sein, dass Archäologen ein falsches Bild von ihren Funden vermittelt haben, weil ihnen nur daran gelegen war, ihren Ruf zu verbessern."

Anne Fairfax funkelte ihn wütend an. „Was wollen Sie damit sagen?"

Holly war vollkommen überrascht. Es sah fast so aus, als hätte John Mallory in Bezug auf die goldene Statue dieselben Zweifel wie sie selbst.

„Damit wollte ich sagen", verkündete Mallory, der nun im Mittelpunkt des allgemeinen Interesses stand, „dass eine Archäologin, die dringend Geld für eine Reise in die Bretagne braucht, möglicherweise auch bereit ist, einen wichtigen Fund vorzutäuschen, um zu diesem Geld zu kommen."

„Wie können Sie so etwas wagen!", brüllte Anne Fairfax in das allgemeine Gemurmel, das Mallorys Bemerkung ausgelöst hatte.

Holly sah Chris auf Mallory zustürzen, und auf seinem Gesicht zeichnete sich blanker Hass ab.
„Christopher!", brüllte Anne Fairfax und packte den jungen Mann am Arm. „Lass ihn! Er legt es doch nur darauf an, Ärger zu machen."
„Professor?", rief einer der Reporter. „Haben Sie zu diesen Vorwürfen etwas zu sagen?"
„Ich habe Ihnen bereits alle Tatsachen mitgeteilt." Das Gesicht von Anne Fairfax war von hektischen roten Flecken überzogen. „Die Statue wurde heute Nachmittag von Christopher Lambert, einem meiner Studenten, entdeckt. Sie ist für Ihre Aufnahmen gesäubert worden und wird von hier aus direkt in die Universität gebracht und dort auf ihre Echtheit geprüft." Sie schritt auf Mallory zu und hielt ihm die Statue vors Gesicht. „Sehen Sie sie gut an!", befahl sie. „Können Sie Anzeichen dafür entdecken, dass es sich um eine Fälschung handelt?"
Holly hielt den Atem an, als Mallory Anne Fairfax die Statue aus der Hand nahm. Er drehte und wendete sie und betrachtete sie von allen Seiten.
„Sie scheint echt zu sein", sagte er langsam und gab sie ihr zurück. „Ich werde das offizielle Ergebnis mit Interesse erwarten." Er drehte sich um und drängte sich durch die versammelten Reporter.
„Entschuldigen Sie sich!", brüllte Chris, als Mallory auf das Tor zuging. „Entschuldigen Sie sich bei ihr!"
„Lass ihn doch! Er kann uns nicht schaden." Anne Fairfax drückte die Statue an sich. „Wir dürfen uns von Leuten wie ihm nicht den Tag verderben lassen."

Die Menschenmenge begann sich aufzulösen und die Reporter und Fotografen strömten zu ihren Autos. Belinda stieß Holly mit dem Ellenbogen an.

„Gut, dass du nichts gesagt hast", flüsterte sie. „Anscheinend hast du dich geirrt. Wenn er die Statue für echt hält, dann ist sie es sicher auch. Er wäre der Erste, der losbrüllen würde, wenn sie gefälscht wäre."

Holly beobachtete, wie Anne Fairfax in einen der Geländewagen stieg. Sie kurbelte das Fenster herunter, und Chris beugte sich vor, um mit ihr zu sprechen. Holly konnte nicht hören, was die beiden sagten, doch sie sah, wie Anne Fairfax eine Hand aus dem Fenster streckte und Chris' Arm liebevoll drückte. Dann stimmt es also doch, dachte Holly. Zwischen den beiden läuft etwas, wie wir vermutet haben.

Anne Fairfax kurbelte das Fenster wieder hoch und fuhr durchs Tor; Chris sah ihr versonnen nach. Diese Geschichte mit der Statue war irgendwie merkwürdig, das musste Holly zugeben. Sie war jedoch noch nicht bereit, zu glauben, dass sie sich geirrt hatte – ganz gleich, was John Mallory zum Schluss gesagt hatte.

Die drei Mädchen saßen auf Hollys Bett, umgeben von den Überbleibseln einer ausgiebigen Zwischenmahlzeit. Belinda und Tracy begannen allmählich, die Geduld mit Holly zu verlieren, denn sie weigerte sich standhaft, ihre Theorie über die goldene Statue aufzugeben.

Das rote Mystery-Club-Notizbuch lag aufgeschlagen auf ihrem Schoß. Sie hatte den Namen Anne Fairfax in Groß-

buchstaben hineingeschrieben und ihn mit einem großen Fragezeichen versehen.
„Warum gibst du denn nicht einfach zu, dass du dich geirrt hast?", fragte Belinda.
Holly schüttelte den Kopf. „Weil ich mich nämlich nicht geirrt habe – ganz einfach! Es ist mir egal, was ihr denkt. Ihr habt die Statue im Wohnwagen nicht gesehen. Es war dieselbe. Ich bin felsenfest davon überzeugt – egal, was ihr mir hier einreden wollt!"
„Das ist unmöglich", verkündete Tracy entnervt. „Du hast doch gehört, was Anne Fairfax gesagt hat. Sie haben sie heute Nachmittag ausgegraben. Selbst dieser Mallory musste zugeben, dass sie echt ist."
„Er hat gar nichts zugegeben", wand Holly ein. „Er hat nur gesagt, dass sie echt zu sein scheint. Natürlich musste sie echt aussehen. Professor Fairfax wäre niemals so dumm, den Leuten etwas vorzuführen, das aussieht wie eine Fälschung."
„Aber warum sollte sie die Statue fälschen?", fragte Belinda.
„Das wissen wir doch", sagte Holly. „Chris hat es uns gesagt. Wenn sie im Hob's Mound etwas Wichtiges findet, wird die Universität eher bereit sein, ihr die Reise zu diesem Grabungsort in Frankreich zu finanzieren. Das hat auch Mallory gesagt."
„Mallory war nur sauer, weil sie ihm nichts von ihren Fundstücken verkaufen wollte", gab Tracy zu bedenken. „Das ist doch eindeutig."
„Es gibt eine Möglichkeit, zu beweisen, ob du Recht hast

oder nicht", stellte Belinda fest. „Die Statue kann doch unmöglich an zwei Orten gleichzeitig sein, nicht wahr?"
Holly warf ihr einen verständnislosen Blick zu.
„Kapierst du es denn nicht?", fragte Belinda. „Du brauchst nur noch einmal in den Wohnwagen zu gehen und einen weiteren Blick in den Rucksack zu werfen. Wenn die Statue, die du gesehen hast, immer noch dort ist, hast du dich geirrt."
„Und wenn sie nicht mehr da ist?", fragte Holly aufgeregt. „Werdet ihr mir dann glauben?"
Tracy und Belinda sahen sich an.
„Ich denke schon", sagte Tracy. „Aber wenn du Recht hast, steckt nicht nur die Professorin dahinter, nicht wahr? Die anderen Leute in ihrer Mannschaft sind doch sicher eingeweiht."
„Nicht unbedingt", überlegte Holly. „Sie könnte die Statue hingebracht haben, als niemand mehr dort war. Vielleicht ist sie am späten Abend hingefahren, hat ein Loch gegraben, die Statue hineingelegt, das Loch wieder gefüllt, und am nächsten Morgen – jippie! Da ist er endlich, der lang ersehnte Schatz. Und niemand würde auch nur den geringsten Verdacht schöpfen."
„Das Licht!", stieß Tracy hervor. „Das Licht, das ich gestern Abend dort gesehen habe! Das könnte jemand gewesen sein, der gerade die Statue vergraben hat. Und er hat mich gesehen. Vielleicht hat er Geist gespielt, um mich zu verjagen."
„Bist du sicher, dass es so einfach ist, etwas so zu vergraben, dass andere Leute glauben, es hätte schon immer dort gelegen?", fragte Belinda.

„Natürlich, ich kann es dir beweisen." Holly erhob sich von ihrem Bett.
„Was kommt denn jetzt?", fragte Belinda, denn Holly hatte eine Schublade ihres Nachttisches aufgezogen und kramte darin herum.
„Hier!" Holly drehte sich zu ihr um und hielt ihr eine Hand voll ausländischer Münzen entgegen. „Sie stammen von unserem Spanienurlaub vor einigen Jahren. Ich werde sie auf dem Grund von Jamies Loch vergraben. Du wirst sehen, wenn er morgen wieder dort gräbt, wird er sie finden und glauben, sie lägen dort schon ewig."
Belinda lachte. „Es gehört nicht viel dazu, Jamie aufs Glatteis zu führen. Immerhin hat er nicht gerade Archäologie studiert. Wohl eher Nervensäg-ologie."
„Das stimmt schon", gab Holly zu. „Aber ich glaube immer noch, dass meine Theorie stimmt, selbst wenn dieser Versuch mit Jamie kein Beweis ist."
Belinda grinste. „Ich finde, du solltest die Münzen auf jeden Fall vergraben. Wir können uns damit für seinen Juckpulverangriff rächen. Ich freue mich schon darauf, ihm zu sagen, dass wir ihn ausgetrickst haben."
„Bis dahin sollten wir uns aber darauf konzentrieren, wie wir es anstellen, dass du noch einmal in diesen Rucksack sehen kannst", bemerkte Tracy. „Nur das ist ein echter Beweis."
„Morgen ist doch Samstag", stellte Holly fest. „Wir können schon morgens zum Hob's Mound fahren. Wir bieten einfach wieder unsere Hilfe an. Das hat neulich auch funktioniert. Auf diese Weise bin ich das erste Mal in den Wohn-

wagen gekommen. Wir machen uns nützlich, und sobald sich die Gelegenheit bietet, flitze ich in den Wohnwagen und werfe einen Blick in den Rucksack."
„Bist du sicher, dass wir das tun sollten?", fragte Belinda. „Es kommt mir ein bisschen gemein vor."
„Aber nicht so gemein, wie Leuten weiszumachen, man hätte einen antiken Schatz gefunden. Es ist ja nicht so, als wollte ich etwas stehlen." Holly ging zur Tür. „Und jetzt nutze ich die Gelegenheit, dass Jamie an seinen Computerspielen sitzt, schleiche mich in den Garten und vergrabe unseren falschen Schatz."

Als die Mädchen am nächsten Morgen am Hob's Mound eintrafen, erlebten sie eine echte Überraschung. Auf der Straße stand ein fremdes Auto und das Tor zur Wiese war mit einer Kette und einem Vorhängeschloss gesichert.
Die drei lehnten sich gegen das Tor. Die Wiese war menschenleer. Selbst die Geländewagen waren verschwunden.
„Das ist komisch. Ich hätte gedacht, dass sie inzwischen hier sein müssten." Holly sah zum Wohnwagen hinüber. „Was glaubt ihr, warum keiner hier ist?"
„Vielleicht wollten sie alle nur einmal ausschlafen", vermutete Belinda. „Das hätte ich übrigens auch gern getan."
„Was du nicht sagst", spottete Holly.
„Lasst uns nachsehen", entschied Tracy und kletterte auf das Tor. Sie schwang ihr Bein hinüber und warf Holly einen bedeutsamen Blick zu. „Wenn der Wohnwagen unverschlossen ist, könnte dies deine große Chance sein."

Auf ihrem Weg zum Wohnwagen holten sich die Mädchen im hohen Gras nasse Schuhe. Es sah aus, als wäre an diesem Morgen an der Grabungsstelle noch nicht gearbeitet worden.

„Er ist bestimmt abgeschlossen", unkte Belinda. Doch als sie näher kamen, konnten sie deutlich sehen, dass die Tür des Wohnwagens nur angelehnt war.

„Was habe ich gesagt?", fragte Tracy grinsend.

Belinda sah sich nervös um. „Das gefällt mir gar nicht. Ich fühle mich wie ein Verbrecher."

„Wir sind aber keine Verbrecher, wir sind der Mystery Club." Holly wollte gerade die Stufen hinaufsteigen, als die Tür von innen geöffnet wurde. Sie schnappte erschrocken nach Luft. Ein Mann, den sie nie zuvor gesehen hatte, stand in der Tür und sah auf sie herab.

„Wie seid ihr denn hierher gekommen?", fragte er streng.

„Wir wollten zu Professor Fairfax." Holly hatte ihren Schrecken am schnellsten überwunden. „Wir dachten, sie hätte Arbeit für uns."

„Es ist in Ordnung", fügte Tracy hinzu. „Sie kennt uns. Wir haben ihr schon einmal geholfen."

Der Mann sah die drei gereizt an. „Auf die Idee, dass das Tor verschlossen ist, damit niemand hereinkommt, seid ihr wohl nicht gekommen, oder?"

Holly lächelte ihn hoffnungsvoll an. „Wir wollten doch nur helfen."

„Hier wird heute nicht gearbeitet", sagte der Mann.

„Warum nicht?", fragte Tracy. „Ich hätte gedacht, dass hier nach dem gestrigen Fund gegraben würde wie verrückt."

„Es hat einen Einbruch gegeben", erklärte der Mann. „Jemand ist heute früh in den Wohnwagen eingebrochen. Ich wurde von der Universität hergeschickt, um aufzupassen, bis die Polizei hier ist."

„Ein Einbruch?", stieß Holly hervor. „Ist etwas gestohlen worden?"

„Anscheinend sind einige Beutel mit verschiedenen Fundstücken verschwunden."

„Und die Statue?", fragte Tracy. „Ist sie auch gestohlen worden?"

Der Mann schüttelte den Kopf. „Sie ist in der Universität."

„Aber ich dachte, es übernachtet immer jemand von der Mannschaft hier", sagte Holly. „Ihm ist doch nichts passiert, oder?"

„Nein. Die Diebe haben genau den richtigen Zeitpunkt gewählt. Letzte Nacht war Chris Lambert, einer der Studenten, hier. Sie müssen gewartet haben, bis sie ihn wegfahren sahen. Ihnen blieb nur etwa eine Stunde, während der er sich frische Kleidung geholt hat." Er verschränkte die Arme. „Es hat keinen Sinn, dass ihr hier herumlungert. Wie ich bereits sagte, geht hier nichts vor sich, bis die Polizei hier war. Die anderen Studenten sind nach Hause geschickt worden und Professor Fairfax ist in der Universität."

Der Bericht des Mannes hatte die drei so schockiert, dass sie sich widerspruchslos auf den Rückweg zum Tor machten.

„Was haltet ihr davon?", fragte Tracy.

„Ich würde mal sagen, jemand war hinter der Statue her", sagte Belinda. „Schließlich wussten genug Leute davon. Chris hat Glück gehabt, dass sie gewartet haben, bis er fort war."

„Aber was machen wir jetzt?", fragte Holly. „Jetzt werde ich es nie mehr schaffen, einen Blick in diesen Rucksack zu werfen."

„Dann denken wir uns eben was anderes aus, um zu beweisen, dass Anne Fairfax eine Betrügerin ist", sagte Tracy.

„Und wie wollen wir das anstellen?", fragte Holly. „Wir können schlecht zu ihr hingehen und sie fragen, was sie in ihrem Rucksack versteckt hat."

„Warum fragen wir nicht Chris?", wollte Belinda wissen. „Vielleicht weiß er von der Statue in dem Rucksack. Vielleicht kann er uns erklären, was es damit auf sich hat – ihr wisst schon –, warum sie dort war."

„Ich weiß, warum sie dort war. Damit sie so tun konnte, als hätte sie sie ehrlich gefunden", sagte Holly.

„Nicht unbedingt", widersprach Belinda. „Nicht, wenn die, die sie ausgegraben haben, echt war, und die in dem Rucksack nur eine Kopie."

„Und warum sollte sie eine Kopie davon haben?", fragte Tracy.

„Keine Ahnung", gab Belinda zu. „Das versuchen wir herauszufinden, oder etwa nicht?"

„Aber Chris wird uns nichts erzählen, das Professor Fairfax belasten könnte", überlegte Holly. „Selbst wenn er weiß, was sie getan hat."

„Was sie deiner Meinung nach getan hat", bemerkte Belinda. „Bisher haben wir schließlich keine Beweise. Ich denke, dass es für alles eine vollkommen harmlose Erklärung gibt. Schließlich können wir nicht sicher sein, was du im Wohnwagen gesehen hast."

„Ich bin mir aber sicher", beharrte Holly.

„Meinetwegen", lenkte Belinda ein. „Du bist dir sicher, aber ich bin es nicht. Ich kenne dich und deine blühende Fantasie, und ich bin nicht bereit, an einen Betrug zu glauben, solange wir nicht genau wissen, was wirklich in diesem Rucksack war. Und wenn ihr mich fragt, ist es das Beste, wenn wir Chris ausfragen. Wir müssen ihm ja nichts von unserem Verdacht erzählen."

„Und wenn er abstreitet, etwas von der Statue im Wohnwagen zu wissen?", fragte Holly.

„Dann fange ich auch an zu glauben, dass etwas faul ist", versprach Belinda.

Holly nickte. Belinda hatte Recht. Wenn an der Statue in dem Rucksack nichts Verdächtiges war, hätte Chris sicher von ihr gewusst. Und wenn das Ganze wirklich vollkommen harmlos war, würde er ihnen sicher auch erklären können, was es damit auf sich hatte.

„Wartet hier", bat Holly. „Ich gehe eben zurück und frage den Mann, ob er uns die Adresse von Chris geben kann."

Tracy und Belinda warteten am Tor, während Holly durch das Gras zum Wohnwagen zurückrannte.

Sie war nicht lange fort, dann kam sie mit einem Zettel in der Hand wieder.

„Ich habe sie. Er hat ein Zimmer in der Bewley Street."

„Die kenne ich", sagte Belinda. „Kommt, ich zeige euch den Weg."

Die drei stiegen über das Tor und hoben ihre Fahrräder auf.

„Tracy?" Holly sah sie streng an. „Du wirst doch hoffentlich nichts Dummes zu Chris sagen, oder?"

Tracys Augenbrauen hoben sich empört. „Ich? Was denn zum Beispiel?"

„Zum Beispiel könntest du zu ihm gehen", sagte Belinda mit einem wissenden Lächeln, „und so etwas sagen wie ‚Ist Ihre Freundin eine Betrügerin?'"

„Ich bitte euch!", entfuhr es Tracy und stieg auf ihr Rad. „So etwas traut ihr mir zu?"

„Oh ja", verkündete Belinda. „Das und noch viel mehr."

Tracy warf ihr einen gekränkten Blick zu. „Ich werde gar nichts sagen. Ich werde nicht einmal den Mund aufmachen."

Holly lächelte. „Das will ich sehen! Tracy Foster, die ausnahmsweise nichts zu sagen hat. Das wäre was für die Schülerzeitung."

„Mir kommt diese Adresse bekannt vor." Belinda brachte ihr Rad zum Stehen und deutete auf ein Geschäft. „Hier kauft meine Mutter die protzigen Übertöpfe für ihre Zimmerpflanzen", erklärte Belinda. „Das Geschäft gehört einer Teresa Russell."

Die Türglocke läutete, als die drei den warmen, nach Ton duftenden Laden betraten. Eine kleine Frau in einem Overall kam aus dem Hinterzimmer und wischte sich die Hände an einem Tuch ab. Vom Verkaufsraum aus konnten die drei in die Werkstatt sehen, in der eine Töpferscheibe und Regale voller halb fertiger Arbeiten standen.

„Kann ich euch helfen?", fragte Mrs Russel. „Du bist doch die Tochter von Mrs Hayes, nicht wahr?"

„Das stimmt", antwortete Belinda. „Wir möchten aber nichts kaufen. Uns wurde gesagt, dass ein Student bei Ihnen wohnt. Christopher Lambert."

„Ach, ihr seid Freunde von Chris?", fragte Mrs Russell. „Er ist oben in seinem Zimmer. Ihr müsst durch die Werkstatt gehen und dann nach links zur Treppe. Ihr habt Glück, ihn noch zu erwischen, denn er wollte übers Wochenende zu seinen Eltern fahren."

Belinda dankte ihr und die drei gingen durch die Werkstatt und stiegen eine schmale Treppe hoch. Belinda klopfte an die Tür.

„Einen Moment!", rief Chris von drinnen. „Ist das Taxi schon da? Ich bin gleich fertig." Er öffnete die Tür und begrüßte die Mädchen mit einem überraschten Lächeln.

„Wir haben von dem Einbruch gehört", sagte Holly. „Geht's Ihnen gut?"

„Bitte sprecht nicht davon. Ich fühle mich deswegen schon schlecht genug. Ich hätte den Platz nicht unbewacht lassen dürfen, nicht einmal für so kurze Zeit. Aber woher wusstet ihr, wo ihr mich findet?"

„Der Mann dort hat es uns gesagt", erklärte Holly. „Es stört Sie doch hoffentlich nicht, dass wir vorbeigekommen sind?"

„Überhaupt nicht. Es ist nett von euch, dass ihr euch Sorgen um mich macht. Aber mir geht's gut." Chris lächelte erneut. „Es hat auch sein Gutes. Anne hat beschlossen, vor Montag nicht weiterzuarbeiten, und deshalb nutze ich die Gelegenheit, meine Eltern in York zu besuchen. Das Taxi, das mich zum Bahnhof bringt, muss jede Minute hier sein."

„Ach", entfuhr es Holly. „Das ist schade."

„Warum?", fragte Chris. „Wo liegt das Problem?"
„Ich hatte gehofft, Sie könnten mir für meinen Artikel in der Schülerzeitung noch etwas mehr Hintergrundinformationen über Professor Fairfax geben, das ist alles." Holly überlegte fieberhaft, wie sie ihn nach der Statue fragen konnte, ohne dass es sich anhörte, als wollte sie ihn beschuldigen.
„Was willst du wissen?", fragte Chris. „Du kannst sie aber auch jederzeit selbst fragen. Ich bin sicher, sie hätte nichts dagegen."
„Wir wollten sie nicht belästigen", warf Belinda ein. „Wir haben uns nur Gedanken gemacht ... über die Statue."
Chris lächelte. „Ein großartiger Fund, nicht wahr? Jetzt werden sich die Verantwortlichen an der Universität darum reißen, ihr die Exkursion nach Frankreich zu finanzieren."
„Ja, vermutlich", bemerkte Holly vorsichtig. „Aber, wissen Sie, die Sache ist die ..." Sie wurde von Mrs Russell unterbrochen, die die Treppe hinaufrief: „Chris! Das Taxi ist da!"
Chris lächelte die Mädchen entschuldigend an. „Tut mir Leid. Ich muss jetzt gehen." Er ging zurück ins Zimmer und schwang sich seinen Rucksack über die Schulter.
Bisher war Holly der Rucksack, der auf dem Boden gelegen hatte, nicht aufgefallen. Erst als Chris ihn aufhob, hatte sie einen flüchtigen Blick darauf geworfen.
Doch jetzt starrte sie ihn an und ihre Gedanken rasten. Es war ein rot-weißer Rucksack. Derselbe rot-weiße Rucksack, über den sie im Wohnwagen gestolpert war. Der Rucksack, aus dem die mysteriöse goldene Statue herausgefallen war!

Kapitel 6

Belinda vermutet eine Verschwörung

„Holly? Geht's dir gut?", fragte Chris, dem ihre plötzliche Blässe aufgefallen war.
Holly riss sich zusammen und zwang sich, nicht länger seinen Rucksack anzustarren. „Ja, alles in Ordnung. Ich ... ich dachte nur daran, mir einen neuen Rucksack anzuschaffen", stammelte sie. „So einen wie Ihren. Wo haben Sie ihn gekauft?"
Chris lächelte. „Das weiß ich nicht mehr. Ich habe ihn schon ewig. Aber er ist nichts Besonderes. Du wirst überall so einen bekommen, denke ich." Er sah die anderen beiden an. „Es tut mir Leid, aber jetzt muss ich wirklich los. Kommt ihr am Montag wieder zum Hob's Mound?"
„Auf jeden Fall", sagte Tracy.
Chris ging die Treppe hinunter. Hinter seinem Rücken zeigte Holly hektisch auf den Rucksack, der von seiner Schulter herunterbaumelte.
„Das ist er", wisperte sie Tracy und Belinda leise zu.

„Wer?", flüsterte Belinda zurück.

„Der Rucksack!", wisperte Holly und deutete mit dem Finger darauf.

Tracys Mund öffnete sich zu einem lautlosen „Oh!", als sie endlich verstand, worauf Holly hinauswollte.

Sie folgten Chris die Treppe hinunter.

„Die goldene Statue war wirklich ein erstaunlicher Fund", sagte Tracy. „Ich wette, so etwas haben Sie noch nie zuvor zu Gesicht bekommen, nicht wahr, Chris?"

Chris blieb am Fuß der Treppe stehen, drehte sich um und lächelte. „Noch nie. Von Dingen wie dieser Statue träumt man gewöhnlich nur."

Tracy setzte ein überraschtes Gesicht auf. „Aber haben Sie die Statue nicht gesehen, die im Museum von Willow Dale steht? Ich glaube, sie ist der, die Sie gefunden haben, sehr ähnlich."

Ein Ausdruck der Betroffenheit huschte über sein Gesicht. „Sie ähnelt ihr wirklich ein wenig", gab er zu. Belinda und Holly sahen sich an. Tracy hatte versprochen zu schweigen. Was würde sie als Nächstes sagen?

„Ich würde eher sagen, dass sie sich vollkommen gleichen", fuhr Tracy fort. „Wie eine exakte Kopie."

Chris kniff die Lippen zusammen. „Was soll denn das bedeuten?"

Tracy lächelte ihn strahlend und unschuldig an.

„Nichts! Gar nichts", verkündete sie munter. „Wieso fragen Sie? Was glauben Sie denn, was es bedeuten soll? Es gibt doch nirgendwo eine Kopie, oder etwa doch?"

Chris sah sie finster an. „Es ist keine Fälschung. Jeder, der glaubt, dass Anne in Bezug auf diesen Fund gelogen hat, wird bald ziemlich dumm dastehen."

„Sie meinen John Mallory?", fragte Holly.

„Ja", knurrte Chris. „Ihn und jeden anderen. Diese Statue ist echt, und wer das Gegenteil behauptet, wird sein blaues Wunder erleben, sobald die Universität den Nachweis dafür erbracht hat." Er sah die Mädchen finster an. „Mein Taxi wartet!"

Schweigend folgten die drei ihm auf die Straße. Er stieg wortlos in sein Taxi und fuhr davon.

„Ich dachte, du wolltest den Mund halten", schnauzte Belinda Tracy an.

„Ich musste etwas sagen. Von euch beiden hätte keine etwas aus ihm herausgeholt." Tracy sah Holly an. „Bist du sicher, dass es derselbe Rucksack war?"

„Absolut sicher", sagte Holly entschieden. „Ich denke, wir sollten woanders hingehen und die ganze Geschichte in Ruhe noch mal besprechen."

Ihre Fahrräder lagen im Gras. Die drei Mädchen hatten es sich unter einer knorrigen alten Eiche bequem gemacht. Über den fernen Dächern von Willow Dale ballten sich immer noch dunkle Wolken und der Wetterbericht hatte für die kommende Nacht Regen vorausgesagt.

„Also gut", begann Belinda. „Hiermit ist das Mystery-Club-Treffen eröffnet. Wer möchte zuerst sprechen?"

Holly schlug ihr rotes Notizbuch auf. „Erster Punkt: Wer von euch ist meiner Meinung, dass die Statue gefälscht ist?"

Tracy hob die Hand. Holly und Tracy sahen Belinda an, die beide Hände im Schoß liegen hatte.

„Komm schon, Belinda! Sieh dir die Beweise an. Es ist doch eindeutig. Der einzige Punkt, in dem ich mich geirrt hatte, war, dass ich annahm, der Rucksack gehörte Professor Fairfax. Alles andere stimmt."

„Nur, dass es Chris war und nicht Professor Fairfax", fügte Tracy hinzu. „Er hat zugegeben, dass er in jener Nacht dort war. Er muss derjenige gewesen sein, den ich gesehen habe, und er hat versucht, mich mit unheimlichen Geräuschen zu vertreiben. Das Einzige, was wir bisher nicht genau wissen, ist, ob Professor Fairfax von dem Schwindel weiß."

„Ich sag ja nicht, dass an der ganzen Geschichte nicht etwas faul ist", gab Belinda zu. „Und ich sag auch nicht, dass die Statue, die sie gestern vorgeführt haben, nicht kurz vorher dort vergraben wurde."

„Was sagst du denn dann?", wollte Holly wissen.

„Welche Fakten haben wir bisher?", fragte Belinda. „Erstens, Holly sah eine goldene Statue, die im Rucksack von Chris versteckt war." Sie zählte die einzelnen Punkte beim Sprechen an ihren Fingern ab. „Zweitens, Chris sagte gerade, es gäbe keine Kopien von der Statue. Aber wenn Holly Recht hat, hatte er eine in seinem Rucksack."

„Natürlich hab ich Recht!", rief Holly gereizt.

„Unterbrich mich nicht", befahl Belinda. „Ich denke nach." Sie fuhr fort und streckte einen weiteren Finger aus. „Drittens wissen wir, dass Professor Fairfax etwas Wichtiges finden musste, um sich die Finanzierung ihrer Grabungen in Frankreich zu sichern."

„Viertens", fiel Tracy ein, „haben Chris und Professor Fairfax ein Verhältnis, und er hat eine Kopie der Statue aus dem Museum vergraben, damit sie sie finden konnte. Und das tat er, damit die Universität ihr das Geld gibt." Sie sah ihre Freundinnen Beifall heischend an. „Er hat sichergestellt, dass sie etwas finden würde."
„Dazu wollte ich gerade kommen", sagte Belinda. „Eine Tatsache, die ihr beide zu übersehen scheint, ist, dass Professor Fairfax die Statue zur Überprüfung ihrer Echtheit in die Universität gebracht hat. Was glaubt ihr, wie lange es dauert, bis sie dort merken, dass sie eine Kopie haben? Ich schätze etwa zehn Sekunden."
„Das würde ich nicht sagen", bemerkte Holly. „Mallory ist schließlich auch auf sie hereingefallen."
„Eben! Glaubt ihr wirklich, Chris wäre in der Lage, eine so überzeugende Kopie herzustellen? Vergesst nicht, sie muss nicht nur echt aussehen, sie muss sich auch anfühlen, als wäre sie aus reinem Gold. Sie muss so schwer sein wie Gold. Und sie muss alle Tests bestehen, die in der Universität mit ihr gemacht werden. Und das sind nicht gerade wenige. Die prüfen solche Sachen immer auf Herz und Nieren!"
Holly schüttelte den Kopf. „Das kapiere ich nicht. Worauf willst du eigentlich hinaus?"
Belinda lachte. „Das ist ganz einfach. Wisst ihr nicht mehr, dass die Frau im Museum sagte, das ganze keltische Zeug wäre eingeschlossen, weil Studenten es für ihre Forschungszwecke brauchten? Ich denke, wir sollten herausfinden, ob Chris Lambert einer von diesen Studenten war."
„Ach!", stieß Holly hervor. „Jetzt verstehe ich. Du glaubst,

er hat die echte Statue gestohlen, sie in seinem Rucksack versteckt und dann im Hob's Mound vergraben."
„Genau, meine liebe Holly", sagte Belinda grinsend. „Die Statue, die Professor Fairfax in die Universität gebracht hat, ist echt."
„Falsch!", rief Tracy triumphierend aus. „Das kann nicht stimmen, denn die Frau im Museum hat gesagt, sie hätte die Statue gesehen. Und das war, nachdem Holly die in dem Rucksack entdeckt hat."
„Das ist der raffinierte Teil", sagte Belinda. „Wenn ich Recht habe, steht im Museum eine Kopie. Chris kann sie in Mrs Russells Werkstatt aus Ton modelliert haben. Er brauchte sie dann nur noch golden anzustreichen. Niemand wird eine Statue überprüfen, die bereits in einem Museum steht. Das ist das perfekte Verbrechen. Zumindest wäre es das gewesen, wenn Holly die Statue nicht schon gesehen hätte, bevor sie offiziell ausgegraben wurde."
Holly und Tracy brauchten einen Moment, bis sie Belindas Theorie verstanden.
„Glaubt ihr, dass Chris allein dahinter steckt?", fragte Holly. „Oder ist Professor Fairfax auch darin verwickelt? Wenn die beiden wirklich heimlich ein Verhältnis haben, kann ich mir gut vorstellen, dass das Ganze ihre Idee war. Vielleicht benutzt sie ihn auch nur. Ihr wisst schon, sie spielt ihm die große Liebe vor, aber in Wirklichkeit geht es ihr nur darum, so schnell wie möglich an das Geld für ihre Grabung in Frankreich zu kommen."
„Das wäre möglich. Aber bevor wir uns darüber den Kopf zerbrechen, sollten wir zum Museum fahren und herausfin-

den, ob Chris wirklich zu den Studenten gehört, die das keltische Zeug untersucht haben. Wenn wir das wissen, können wir immer noch genau überlegen, was wir als Nächstes tun wollen."
Holly nickte. „Du hast Recht. Lasst uns sofort hinfahren!"

„Hallo." Holly lächelte die Frau hinter dem Tresen in der Eingangshalle des Museums von Willow Dale an. „Erinnern Sie sich noch an uns?"
Die Frau nickte. „Natürlich. Die Mädchen, die den Artikel schreiben. Es tut mir schrecklich Leid, aber die Artefakte, die ihr sehen wolltet, sind der Öffentlichkeit noch immer nicht zugänglich."
Tracy trat näher an den Tresen heran und schenkte der Frau ihr gewinnendstes Lächeln. „Ich nehme nicht an, dass Sie uns erlauben würden, wenigstens einen kurzen Blick auf die Stücke zu werfen, oder?"
„Ich würde euch wirklich gern helfen", sagte die Frau. „Aber ich kann leider nichts für euch tun. Der Kurator hat die Schlüssel zum Studienraum, und er kommt erst wieder, wenn das Museum für heute schließt. Ihr könnt dann gern noch einmal vorbeikommen und selbst mit ihm sprechen."
Holly nickte. „Vielleicht tun wir das. Übrigens kennen Sie zufällig die Namen der Studenten, die diese Fundstücke untersucht haben?"
„Ja, damit kann ich euch dienen." Die Frau öffnete eine Schublade und begann in einigen Papieren herumzusuchen. „Wir mussten ihnen spezielle Besucherkarten ausstellen."

Sie lächelte. „Wir können ja nicht jeden an diese wertvollen Stücke heranlassen. Ah, hier ist es schon. Es waren fünf. Mark Boston, Ruth Underwood, John French, Christopher Lambert und Jane ..."

„Danke", unterbrach Holly sie. „Vielen Dank." Sie drehte sich zu Belinda und Tracy um und bedachte die beiden mit einem triumphierenden Blick.

„Kommt nachher noch einmal wieder", rief die Frau den Mädchen nach, die bereits die Stufen hinunterrannten.

„Jetzt haben wir ihn!", verkündete Belinda. „Ha! Ich wusste, dass ich Recht hatte."

„Sollten wir nicht zurückgehen und ihr sagen, dass sie eine Fälschung in ihrem Museum hat?", fragte Tracy. „Irgendwem müssen wir es doch sagen."

„Das stimmt", bemerkte Holly. „Irgendwem müssen wir es sagen. Aber wenn wir es den Museumsleuten sagen, werden sie nur die Polizei holen, und dann ist Chris in Schwierigkeiten."

„Na und?", sagte Belinda. „Wenn er die Statue gestohlen hat, geschieht ihm das nur recht."

„Aber was ist, wenn ich Recht habe und Professor Fairfax ihn nur ausgenutzt hat?", gab Holly zu bedenken. „Chris würde die ganze Schuld bekommen und sie käme davon. Das möchte ich nach Möglichkeit verhindern."

„Wie sieht dein Plan aus?", fragte Belinda. „Chris können wir nicht sagen, was wir wissen. Er ist in York."

„Nein, aber wir können mit Professor Fairfax sprechen", überlegte Holly. „Wir erzählen ihr, was wir herausgefunden haben."

„Hältst du das wirklich für eine gute Idee?", fragte Tracy.
„Es ist das Einzige, was wir tun können. Wir sagen ihr, dass wir über sie und Chris Bescheid wissen und dass wir der Polizei von ihrem Schwindel erzählen werden. Wenn sie merkt, wie dicht wir ihr auf den Fersen sind, wird sie vielleicht alles zugeben. Wenn wir das nicht tun, wird es so aussehen, als hätte Chris das Verbrechen ganz allein begangen."
„Und wenn sie nichts damit zu tun hat?", fragte Belinda.
Holly schüttelte den Kopf. „Ich glaube nicht, dass Chris ganz allein dafür verantwortlich ist. Ich bin mir sicher, dass Professor Fairfax dahinter steckt."
„Und wie wollen wir es anstellen, mit ihr zu reden?", wollte Tracy wissen.
„Wir könnten es in der Universität versuchen", überlegte Holly.
„Die ist fünfunddreißig Kilometer entfernt", gab Belinda zu bedenken. „Wenn ihr glaubt, ich fahre den ganzen Weg dorthin und wieder zurück mit dem Rad, dann habt ihr euch getäuscht."
„Ich meinte eigentlich, dass wir dort anrufen sollten", erklärte Holly. „Es dürfte nicht schwer sein, die Nummer herauszufinden. Wir rufen an, fragen nach Professor Fairfax und sagen ihr dann, was wir wissen."
„Und wenn sie nicht da ist?", fragte Belinda.
„Dann fragen wir nach ihrer Privatnummer."
„Und wenn sie die nicht verraten wollen?"
„Meine Güte, Belinda!", stöhnte Holly auf. „Hör doch endlich auf, Schwierigkeiten zu erfinden! Wenn es uns wirklich nicht gelingen sollte, Professor Fairfax ans Telefon zu krie-

gen, kommen wir eben nachher noch einmal her und sprechen mit dem Kurator. Dann sagen wir ihm alles. Zufrieden?"
„Auch wenn wir Chris dadurch in Schwierigkeiten bringen?", wollte Belinda wissen.
„Ja, auch dann", erwiderte Holly entnervt. „Aber nur, wenn uns keine andere Wahl bleibt. Zunächst versuchen wir aber, Professor Fairfax irgendwie ans Telefon zu bekommen. Einverstanden?"
„Kein Grund, gleich sauer zu werden." Belinda zuckte mit den Schultern. „Ich habe ja nur versucht zu helfen." Sie sah Holly an. „Lass uns eine Telefonzelle suchen."

✳

Holly legte den Hörer wieder auf und verließ die Telefonzelle.
„Und?", fragte Tracy ungeduldig. „Wie ist es gelaufen?"
„Sie war nicht da", berichtete Holly. „Der Mensch am anderen Ende sagte, ich hätte sie um zwei Minuten verpasst." Sie funkelte Belinda wütend an. „Ich hätte sie noch erreicht, wenn du mit deiner Diskutiererei nicht so viel Zeit vergeudet hättest."
„Das ist richtig", bemerkte Belinda trocken. „Gib mir die Schuld. Hast du ihre Privatnummer bekommen?"
„Nein", gab Holly zurück. „Er sagte, Informationen dieser Art gäben sie grundsätzlich nicht heraus. Aber hört euch das an. Ich habe ihm erzählt, dass ich an einem Artikel über die Grabungen am Hob's Mound arbeite, und ihn gefragt, ob schon feststeht, dass die dort gefundene Statue echt ist. Er

sagte mir, sie wäre den üblichen Tests unterzogen worden, und es sei zu neunzig Prozent sicher, dass es sich um ein echtes Relikt aus der Zeit der Kelten handelt."

„Habe ich doch gleich gesagt", stellte Belinda fest. „Oder etwa nicht?"

„Würdest du mich bitte ausreden lassen?", fragte Holly gereizt. „Er meinte, es wäre zu neunzig Prozent sicher, doch Professor Fairfax hätte beschlossen, einen weiteren Experten zu Rate zu ziehen, und sie wäre gerade auf dem Weg dorthin. Also habe ich gefragt, wer denn dieser weitere Experte sei. Daraufhin erklärte mir der Mann, sie wäre mit der Statue auf dem Weg zu Professor Rothwell."

„Machst du Witze?", rief Tracy aus.

Holly schüttelte den Kopf. „Das hat der Mann mir gesagt. Ich wollte es selbst kaum glauben."

„Er soll ja ein Experte auf diesem Gebiet sein. Selbst wenn er leicht gaga ist." Belinda überlegte kurz. „Hört mal, wenn sie gerade erst losgefahren ist, kann sie frühestens in einer halben Stunde bei dem verrückten Professor sein. Wenn wir uns sofort auf den Weg machen, schaffen wir es vielleicht, vor ihr da zu sein. Wir können dort mit ihr reden."

„Wir können vor der Mühle auf sie warten", schlug Holly vor. „Und falls sie schneller ist als wir, können wir sie immer noch abfangen, wenn sie wieder herauskommt. Das ist unsere beste Chance, mit ihr zu reden. Was meinst du?"

„So machen wir es", entschied Tracy.

Sie rannten zu ihren Rädern. Tracy übernahm die Führung und radelte, dicht gefolgt von ihren beiden Freundinnen, durch die Stadt und hinaus aufs Land. Nur kurze Zeit spä-

ter sausten die drei die schmale Landstraße entlang, die sich zwischen den Feldern und Wiesen hindurchschlängelte.
Hinter einer Hecke konnten sie den langen Hügel von Hob's Mound ausmachen. Holly stellte sich auf die Pedale und warf im Vorbeifahren einen Blick durch das Tor. Es war niemand zu sehen. Der tiefe Graben in der Flanke des Hügels war mit einer Plane abgedeckt.
Sie fuhren weiter und ließen Hob's Mound hinter sich. Bis zum Haus des Professors war es nur noch etwas mehr als ein Kilometer. Sie schossen um eine Kurve, und Tracy kam ins Schleudern, denn sie musste einem heranbrausenden Wagen ausweichen. Einem silbernen Kombi. Das große Auto sauste an ihnen vorbei, ohne seine Geschwindigkeit zu verringern, und verschwand schnell hinter einer Kurve. Tracy bremste so scharf, dass die anderen beinahe auf ihr Rad aufgefahren wären.
„Das war John Mallory!", rief sie ihnen zu. „Habt ihr ihn gesehen?"
„Er hatte es wohl ziemlich eilig." Holly sah über ihre Schulter. „Er wird noch einen Unfall verursachen, wenn er so weiterrast."
„Wie weit ist es noch bis zur Mühle?", wollte Tracy von Belinda wissen.
„Wir sind fast da. Höchstens noch ein paar hundert Meter. Sie liegt gleich hinter dieser Kurve."
Tracy radelte wieder los, und die drei Mädchen schossen um die lang gestreckte, bergab führende Kurve. Rechts und links standen hohe Bäume, die die Straße in schattiges Halbdunkel tauchten. Am Fuß der Gefällstrecke entdeckte Tracy

eine Schneise zwischen den Bäumen. Ein schmaler Weg führte von der Straße in den Wald.

„Das ist er!", rief Belinda. „Das ist der Weg, der zur Mühle führt."

Alle drei entdeckten es gleichzeitig. Das hintere Ende eines Geländewagens, der auf dem Weg parkte. Sie brachten ihre Räder zum Stehen. Es war kein Laut zu hören.

„Sieht aus, als wäre sie vor uns angekommen", schimpfte Tracy.

Holly kam die ganze Sache merkwürdig vor. Sie schob ihr Rad neben das Auto und bemerkte, dass die Fahrertür halb offen stand.

„Das ist komisch! Warum hat sie die Tür offen gelassen?"

Professor Fairfax war nirgends zu sehen. Holly vermutete, dass sie zu Fuß zur Mühle gegangen war.

Belinda lehnte ihr Rad gegen das Heck des Geländewagens und ging um das Auto herum, um die Tür zu schließen. Plötzlich stieß sie einen erschreckten Schrei aus, und ihre Freundinnen stürzten zu ihr. Ein Mensch lag zusammengekrümmt mit dem Gesicht nach unten im Gras. Vollkommen bewegungslos. Holly schlug entsetzt die Hände vor den Mund.

„Professor Fairfax!", rief sie aus und starrte auf den scheinbar leblosen Körper. „Es ist Professor Fairfax!"

Kapitel 7

Der verrückte Professor

Die drei Mädchen sahen entsetzt auf die bewegungslos daliegende Anne Fairfax.
„Sie ist doch nicht ..." Belinda konnte nicht weitersprechen. Sie brachte es nicht über sich, ihre Befürchtung laut auszusprechen.
Tracy kniete sich hin und schüttelte Anne Fairfax' Schulter. „Mein Gott", flüsterte sie, „in ihrem Haar ist Blut."
„Sie muss sich beim Aussteigen den Kopf gestoßen haben", vermutete Holly.
Tracy sah zu ihr auf. „Den Hinterkopf? Nie im Leben." Sie legte ihre Finger auf den Hals der Professorin und fühlte ihren Puls. Erleichtert stieß sie den angehaltenen Atem aus. „Sie lebt", flüsterte sie und beugte sich vor. „Professor? Können Sie mich hören?"
Keine Antwort.
Tracy sah ihre Freundinnen an. „Sucht schnell ein Telefon. Ruft einen Krankenwagen. Ich bleibe bei ihr."

„Etwa einen Kilometer von hier gibt es ein paar Häuser", erklärte Belinda. „Wir können es dort versuchen. Vielleicht finden wir ja jemanden!"
„Warte", fiel Holly ein. „Was ist mit der Mühle? Professor Rothwell hat doch sicher auch ein Telefon."
„Wer weiß", murmelte Belinda.
„Geht los und findet es heraus", befahl Tracy. „Ich bleibe hier und versuche, es ihr so bequem wie möglich zu machen." Sie drehte die bewusstlose Frau in die stabile Seitenlage und hielt dann das Ohr dicht vor ihren Mund.
„Sie atmet regelmäßig", stellte Tracy fest. „Macht euch endlich auf den Weg!"
Holly rannte zu ihrem Rad.
„Das brauchst du nicht", rief Belinda. „So weit ist es nicht mehr." Sie warf einen letzten Blick auf das blasse Gesicht der Professorin und rannte dann den Waldweg hinauf, der zur Mühle führte. Holly zögerte einen Augenblick, dann folgte sie ihr.
„Ruft auch die Polizei an", rief Tracy ihnen nach.
„Ist gut", gab Holly zurück.
Sie holte Belinda schnell ein. Der Weg schlängelte sich am Fuß eines steilen Hügels vorbei, führte wieder bergab und aus dem Wald heraus. Die Mühle lag direkt vor ihnen, ein riesiges, unheimliches Gebäude mit dunklen Fenstern. Vor den Mauern wuchs kniehohes Gras und das Dach war grün bemoost.
Sie stürzten zur Vordertür. Es gab keinen Klingelknopf. Holly hob den schwarzen Eisentürklopfer an und hämmerte ihn gegen die Tür. Der Türklopfer hatte die Form eines bö-

sen Gesichtes mit starrenden Augen und einem breiten, hämisch grinsenden Mund, aus dem die Zunge herausschaute.
„Ich glaube nicht, dass dies eine besonders gute Idee ist", sagte Belinda unglücklich, als das dumpfe Dröhnen des Türklopfers durch das alte Haus hallte. „Denkst du wirklich, dass er der Typ ist, der ein Telefon hat?"
„Wir müssen es zumindest versuchen." Holly hämmerte das hässliche Gesicht noch weitere drei Mal gegen die Tür und lauschte dann angestrengt auf ein Zeichen dafür, dass man sie gehört hatte. „Vielleicht gibt es einen Hintereingang", rief sie und rannte um die Mühle herum.
„Holly!", rief Belinda. „Nicht! Komm, wir versuchen es woanders."
Doch Holly war schon um die Ecke gelaufen und kämpfte sich durch das hohe Gras. Vor ihr erstreckte sich eine halb eingestürzte Mauer. Sie fand auch einen Eingang, doch die dazugehörige Tür lag auf dem Boden und war zur Hälfte von Gras und Brombeerranken überwuchert.
Holly lief am Fluss entlang. Der Skelter war tief und hatte eine starke Strömung, und das braune Wasser strudelte an den moosbewachsenen Schaufeln eines still stehenden Mühlrades vorbei, das sich an der Rückseite des Gebäudes befand. Früher war das Mühlrad sicher vom Wasser bewegt worden und hatte die Steine gedreht, die das Getreide zu Mehl vermahlen hatten. Doch für Holly sah es aus, als hätte sich das Mühlrad seit Jahren nicht mehr bewegt.
Ein kleines Stück flussabwärts führte eine kleine rostige Eisenbrücke über das Wasser. Sie war sehr schmal und sah ausgesprochen gefährlich aus. Holly hatte den Eindruck, als

könnte sie jederzeit von dem reißenden Wasser aus ihrer Verankerung gerissen und fortgeschwemmt werden.

„Holly?" Belinda war ihrer Freundin hinter die Mühle gefolgt, obwohl spitze Dornen an ihrer Kleidung zerrten.

„Da!", rief Holly. An der Rückseite der Mühle stand eine kleine Tür offen, die durch einen schmalen Pfad am Flussufer zu erreichen war.

Holly rannte zu der Tür und rief: „Professor Rothwell? Hallo? Ist hier jemand?"

Sie spürte Belindas Hand auf ihrem Arm. „Holly? Lass uns hier verschwinden. Es ist niemand zu Hause."

„Lass uns erst mal nachsehen." Holly trat bereits über die Schwelle. „Hallo?", rief sie noch einmal.

Es war ein warmer, feuchter Tag, doch in der alten Mühle war es eisig kalt. Es sah so aus, als schaffte die Hitze es nicht, die dicken alten Steinmauern zu durchdringen.

Sie kamen in einen Raum, der offensichtlich die Küche sein musste. Die Mädchen hatten das Gefühl, in der Zeit zurückgereist zu sein. Es war, als befänden sie sich in einem dieser Häuser, die hergerichtet worden waren, um den Besuchern zu zeigen, wie die Menschen zu Beginn des zwanzigsten Jahrhunderts gelebt hatten. Auf dem Tisch und den Regalen entdeckten sie allerdings Dinge, die auf einen modernen Bewohner schließen ließen.

Sie kamen in einen dunklen Flur. Die elfenbeinfarbenen Wände hatten sich verzogen und schienen sich drohend auf sie zuzuneigen, und ihre Schritte hallten trotz des verblichenen Teppichs, der auf dem Boden lag.

Sie stießen auf eine weitere offene Tür. Dahinter lag ein kleines Wohnzimmer mit dunklen Möbeln und einem alten Ledersofa. An allen Wänden standen Regale voller Bücher, und weitere Bücher und Papiere lagen überall herum, doch die Mädchen hatten nur Augen für den Wandschmuck und die anderen Stücke, die im ganzen Raum herumstanden. Grässliche Masken starrten sie an. Steinerne Tiere und grob gearbeitete, schwere Statuen standen drohend im Halbschatten und keltische Gesichter starrten missbilligend in das dumpfe Schweigen des Zimmers.

„Lass uns von hier verschwinden", flüsterte Belinda.

„Nein. Sieh doch!" Auf einem Tisch an der Wand stand ein altmodisches schwarzes Telefon.

„Wir können es nicht einfach benutzen", warnte Belinda.

„Es ist ein Notfall." Holly nahm den schweren Hörer ab. „Er wird es verstehen."

„Meinst du?", fragte Belinda voller Zweifel und betrachtete die unfreundlichen Gesichter, die sie umgaben.

Holly wählte, erzählte dem Mann von der Feuerwehr kurz, was passiert war, und wurde dann mit der Polizei verbunden. Als sie endlich den Hörer auflegen und in die anheimelnde Wärme der Außenwelt zurückkehren konnte, war sie genauso erleichtert wie Belinda. Die beiden rannten zurück über den Hügel und hofften nur, dass Anne Fairfax in Tracys Händen gut aufgehoben war.

Während sie fort waren, hatten sich die Dinge glücklicherweise zum Besseren gewendet. Anne Fairfax saß mit dem Rücken zum Wagen, hatte den Kopf zwischen den Knien und drückte sich eine Hand voll Taschentücher gegen den Hinterkopf. Tracy kniete neben ihr.

„Habt ihr einen Krankenwagen bestellt?", fragte Tracy.
„Ja, er muss bald hier sein." Holly sah auf die verletzte Frau hinab. „Was ist passiert?"
Anne Fairfax hob den Kopf und sah sie benommen an. „Ich weiß es nicht. Irgendjemand hat mich von hinten niedergeschlagen, als ich ins Auto steigen wollte."
„Mallory!", rief Belinda aus.
Anne Fairfax verzog schmerzerfüllt das Gesicht, denn sie hatte den Kopf gedreht, um Belinda anzusehen. „Was sagst du da?"
„Wir haben John Mallory von hier wegfahren sehen", berichtete Holly. „Erst vor wenigen Minuten. War er hier?"
Anne Fairfax schüttelte langsam den Kopf. „Ich weiß es wirklich nicht. Ich habe nichts gesehen oder gehört." Sie holte tief Luft. „Ich kam von Professor Rothwell zurück und wollte gerade ins Auto einsteigen, als mich etwas traf."
„Haben Sie Professor Rothwell angetroffen?", fragte Holly.
„Ja. Unten in der Mühle. Ich wollte ihm die Statue zeigen. Da war etwas, das er für mich überprüfen sollte. Etwas Merkwürdiges ..." Sie ließ den Satz unvollendet. „Die Statue!", rief sie plötzlich aufgeregt. „Wo ist die Statue? Sie war in meiner Aktentasche."
Sie durchsuchten das Gras. Belinda sah im Auto nach, doch die Aktentasche war nirgends zu sehen. Die Statue war verschwunden.
„Wissen Sie, was das bedeutet?", fragte Holly. „John Mallory hat Sie niedergeschlagen und die Statue gestohlen."
„Und wir haben ihn fliehen sehen", fügte Tracy hinzu. „Das können wir der Polizei berichten."

Belinda sah auf ihre Uhr. „Wenn sie jemals herkommt."
Es dauerte nur noch wenige Minuten, bis die Polizei eintraf, dicht gefolgt vom Rettungswagen. Anne Fairfax und die Mädchen erzählten den Polizisten alles, was sie über den Vorfall wussten und auch von dem davonrasenden Wagen mit John Mallory am Steuer.
„Diese Statue, die Sie erwähnt haben", begann einer der Polizisten. „Ist sie wirklich verschwunden? Und Sie sagen, sie wäre sehr wertvoll?"
Anne Fairfax sah sich um, denn die Sanitäter hatten ihr eine Decke umgelegt und führten sie gerade zum Rettungswagen. „Sie ist unbezahlbar."
Der Polizist schüttelte den Kopf. „Ich will Ihnen ja keinen Vorwurf machen, Professor, aber Sicherheit scheint bei Ihnen nicht gerade groß geschrieben zu werden. Erst dieser Einbruch in Ihr Büro am Hob's Mound und nun das ..."
„Inspektor! Sehen Sie sich das an!" Einer der Polizisten war in den Geländewagen gestiegen, um sicherzugehen, dass die vermisste Aktentasche wirklich nicht im Wagen war. Er beugte sich über die Vordersitze, entriegelte die hintere Tür von innen und stieß sie auf. Auf dem Boden hinter dem Fahrersitz lagen ein Haufen Steine und Tonscherben, die alle einzeln in Plastiktüten verpackt waren.
„Das ist das Zeug aus dem Wohnwagen!" Holly hatte die Tüten sofort erkannt.
Anne Fairfax wurde blass. „Das verstehe ich nicht." Sie betrachtete die misstrauischen Gesichter der Polizisten. „Ehrlich, Sie müssen mir glauben. Ich habe nicht gewusst, dass die Fundstücke hier waren."

„Darf ich davon ausgehen, dass dies die Stücke sind, die Sie als gestohlen gemeldet haben?", fragte der Inspektor streng.
„J... ja", stammelte Anne Fairfax. „Aber ich habe keine Ahnung, wie sie in meinen Wagen gekommen sind."
Der Inspektor war nicht überzeugt. „Ich denke, darüber werden wir uns allerdings noch einmal unterhalten müssen, Professor."
Holly starrte auf den kleinen Haufen zwischen den Sitzen des Geländewagens. Sie hatte keinen Zweifel daran, dass es dieselben Tüten waren, die sie vor wenigen Tagen in den Wohnwagen gebracht hatte. Aber wie um alles in der Welt waren sie in den Wagen von Anne Fairfax gelangt?

Von dem Fenster in Hollys Zimmer aus hatte man einen guten Blick in den Garten. In der Küche lagen überall Pflanzenkataloge herum, doch noch war der Garten voller Unkraut und sah verwahrlost aus. Es war deutlich zu erkennen, dass Hollys Eltern die Arbeiten im Haus vorerst wichtiger waren. Das einzige Zeichen für eine Aktivität war Jamies Loch. Es war in den letzten Stunden enorm gewachsen, von einem schmalen Graben in der hintersten Ecke zu einer Reihe von kleinen Gruben und Löchern. Mittlerweile sah der halbe Garten aus wie ein Schlachtfeld.
Von ihrem Aussichtspunkt auf dem Bett, auf dem sie mit ihren beiden Freundinnen saß, konnte Holly die obere Körperhälfte ihres Bruders sehen, der angestrengt mit einem Spaten arbeitete.
„Holly?", rief Belinda. „Hörst du mir eigentlich zu?"

„Ja." Holly drehte sich zu ihr um. „Du sagtest, du wärst überzeugt, dass Anne Fairfax den Diebstahl selbst inszeniert hat." Sie schüttelte den Kopf. „Das halte ich für unwahrscheinlich, denn dann hätte sie sich selbst auf den Kopf schlagen müssen."
„Du hast mir doch nicht zugehört", beschwerte sich Belinda. „Ich meine doch nicht diesen Diebstahl. Ich sprach von dem Einbruch in den Wohnwagen. Ich wette, sie ist selbst eingebrochen und hat das Zeug mitgenommen, um es zu verkaufen. Weißt du nicht mehr, wie sie uns erzählt hat, dass Privatsammler viel Geld für solche Funde zahlen? Ich sag dir, Anne Fairfax steckt hinter allem. Sie ist so besessen davon, das Geld für die Grabung in Frankreich zu bekommen, dass sie bereit ist, alles dafür zu tun. Sie hat Chris auch dazu gebracht, die Statue aus dem Museum zu stehlen."
„Es freut mich, dass du zumindest in dieser Beziehung jetzt meiner Meinung bist", sagte Holly. „Ich habe schon die ganze Zeit gesagt, dass Professor Fairfax dahinter steckt. Aber das erklärt noch nicht, warum wir sie bewusstlos bei der Mühle fanden. Und es erklärt auch nicht, warum John Mallory wie ein Wahnsinniger von dort weggerast ist."
„Vielleicht war sie dort mit Mallory verabredet", überlegte Tracy.
„Was?", fragte Holly. „Glaubst du etwa, sie hat mit ihm abgesprochen, sich niederschlagen zu lassen?"
„Warum denn nicht?", gab Tracy zurück. „Es musste schließlich Kampfspuren geben. Wenn du mich fragst, hat sie alles mit Mallory abgesprochen. Sie hat ihm die Statue gegeben, damit er sie für sie verkauft."

„Ach, ja?", schimpfte Belinda. „Und warum hat er dann das andere Zeug nicht mitgenommen? Wenn die beiden zusammenarbeiten, warum lässt er dann belastendes Beweismaterial in ihrem Wagen zurück?"

Tracy funkelte sie aufgebracht an. „Holly hat Recht. Du denkst dir immer neue Schwierigkeiten aus."

„Ich denke sie mir nicht aus", widersprach Belinda. „Ich weise nur auf sie hin. Wenn Professor Fairfax wirklich einen Handel mit Mallory abgeschlossen hat, warum hat er ihr dann gestern am Hob's Mound eine solche Szene gemacht? Ich finde es viel wahrscheinlicher, dass Mallory sie beobachtet und auf eine Chance gewartet hat, ihr die Statue abzunehmen. Und er hat diese Chance gesehen, als sie damit zum verrückten Professor gefahren ist. Mallory hat sich von hinten an sie herangeschlichen, ihr auf den Kopf geschlagen und ist mit der Statue geflohen. Es war natürlich Pech für ihn, dass wir gerade vorbeikamen und ihn gesehen haben."

Sie lächelte selbstzufrieden. „Die Polizei wird ihn schon schnappen. Aber wir sind immer noch die Einzigen, die wissen, was hinter der ganzen Sache steckt. Wir müssen immer noch entscheiden, was wir im Fall Anne Fairfax und Chris unternehmen wollen."

„Zur Polizei gehen?", schlug Tracy vor.

„Nein", sagte Holly. „Nicht, solange wir nicht sicher sind, dass die Statue im Museum eine Fälschung ist, denn das ist das fehlende Teil in unserem Puzzle."

Belinda sah auf ihre Uhr. „Das Museum schließt in einer halben Stunde. Das bedeutet, der Kurator müsste bald dort eintreffen, und er kann uns das Hinterzimmer aufschließen."

„Dann auf ins Museum!", rief Tracy.
Als sie die Treppe hinunterrannten, hörten sie, wie Jamie lauthals brüllend in die Küche gestürzt kam.
„Münzen!", jubelte er und schwenkte die Faust. „Ich habe alte Münzen gefunden!"
Er kam schlitternd zum Stehen und betrachtete entgeistert die drei Mädchen, die brüllend vor Lachen auf der Treppe standen.
„Seht ihr?", schnaufte Holly. „Was habe ich euch gesagt?"
„Was ist so komisch?", fragte Jamie misstrauisch. „Worüber lacht ihr?"
„*Du* bist so komisch", lachte Belinda. „Holly hat diese Münzen erst gestern für dich versteckt."
Jamie starrte auf die Sammlung schmutziger Münzen in seiner Hand. „Du blöde Kuh!", fauchte er. „Das findest du wohl lustig, was?"
„Das würde ich, wenn ich Zeit hätte", gab Holly prustend zurück. „Aber wir haben es leider eilig."
„Das zahle ich dir heim, Holly Adams!", brüllte Jamie den Mädchen nach.

„Euch ist doch klar, dass wir Chris damit auf jeden Fall in Schwierigkeiten bringen, oder?", fragte Belinda, als die drei die Stufen zum Museum hochstiegen.
„Ja, ich weiß", gab Holly unglücklich zu. „Aber wenn erst bewiesen ist, dass eigentlich Anne Fairfax dahinter steckt, werden sie ihm vielleicht mildernde Umstände zugestehen."
Im Museum spielte sich ein Drama ab, mit dem die drei

nicht gerechnet hatten. Die Frau vom Empfang und ein anderer Mann, den sie nicht kannten, versuchten Professor Rothwell zu beruhigen. Der alte Mann stand in der Mitte des ersten Ausstellungsraumes und schwenkte brüllend seinen schweren Spazierstock.

„Professor Rothwell!", stieß Holly überrascht hervor. „Was macht der denn hier?"

„Er schnappt über, würde ich vermuten", bemerkte Tracy trocken.

Die drei stürzten in den Raum. Der fremde Mann, wahrscheinlich der Kurator, versuchte vergeblich, den Arm des alten Mannes zu packen. Er sprang zurück, als der Stock durch die Luft sauste.

„Ich verlange, die Elfbolt-Artefakte zu sehen!", brüllte der alte Professor. „Sie haben kein Recht, sie vor mir zu verstecken."

„Wir haben sie nicht versteckt", rief der Kurator. „Ich zeige sie Ihnen ja, wenn Sie mir nur die Gelegenheit dazu geben." Er zog den Kopf ein, als der Stock an ihm vorbeipfiff.

„Diebe!", brüllte der alte Mann. „Diebe und Verbrecher!"

„Rufen Sie die Polizei an", rief der Kurator der Frau zu.

Belinda trat vor, in der Hoffnung, etwas sagen zu können, was den alten Mann besänftigen würde. Immerhin glaubte er ja, sie wäre etwas Besonderes.

„Professor!", sagte sie. Der alte Mann wirbelte herum und dabei traf sein Stock versehentlich die Vorderseite des leeren Schaukastens für die keltischen Fundstücke.

Es gab ein entsetzliches Krachen und Splittern, und ein Alarm schrillte los.

Kapitel 8

Ein Ausritt mit Folgen

Alle Anwesenden gingen in Deckung, um nicht von den herumfliegenden Glassplittern des zerbrochenen Schaukastens getroffen zu werden. Das Klirren der Scherben auf dem gefliesten Boden übertönte sogar den Alarm.
Belinda hatte instinktiv die Augen zugekniffen, und als sie sie wieder öffnete, sah sie den Professor gebeugt dastehen und mit schmerzverzerrtem Gesicht sein Handgelenk umklammern. Sein Spazierstock lag auf dem Boden.
„Meine Güte!", stieß der Kurator hervor und sah fassungslos von dem zerstörten Schaukasten zu dem alten Mann.
Holly stürzte vorwärts und legte Belinda schützend einen Arm um die Schultern.
„Alles in Ordnung?", fragte sie.
Belinda nickte. „Aber ich glaube, der Professor ist verletzt."
Sie trat auf ihn zu. „Professor? Haben Sie sich geschnitten?"
„Mein Handgelenk", murmelte der alte Mann. Anscheinend hatte der Unfall ihn wieder zur Besinnung gebracht.

„Mrs Hank." Der Kurator sah zu der Frau hinüber. „Bitte stellen Sie den Alarm ab. Und holen Sie den Erste-Hilfe-Kasten. Schnell, bitte."

Tracy holte einen Stuhl und der Professor setzte sich. Alle versammelten sich um den alten Mann, und es sprach niemand mehr davon, die Polizei zu holen.

Es war nur eine kleine Wunde, kaum mehr als ein Kratzer an der Seite des Handgelenks. Während sie sich um den Professor kümmerten, richtete er seine blassen Augen auf den Kurator. Der schrille Alarmton verstummte plötzlich.

„Wo sind die Artefakte von Elfbolt Hill?" Die Stimme des alten Mannes war ganz ruhig. „Sie haben kein Recht, sie vor mir zu verbergen."

„Aber wir verbergen sie ja gar nicht", widersprach der Kurator.

„Und warum sind sie dann nicht mehr in ihrem Schaukasten?", fragte der Professor.

„Weil einige Studenten sie zu Forschungszwecken gebraucht haben", erklärte der Kurator. „Sie sind im Arbeitsraum."

„Holen Sie sie", befahl der Professor. „Wenn Sie tatsächlich die Wahrheit sagen, holen Sie sie."

Der Kurator sah ihn beunruhigt an. „Das werde ich", sagte er zögernd, „wenn Sie mir Ihr Wort geben, dass Sie ruhig bleiben. Ihr Ehrenwort."

Der Professor nickte. „Ich bin vollkommen ruhig, Mr Webber."

„Also gut." Der Kurator sah die Mädchen an. „Würde eine von euch mir bitte helfen?"

Holly begleitete ihn.

„Werden Sie die Polizei rufen?", fragte sie ihn auf ihrem Weg durch das Museum.
„Nicht, wenn ich es vermeiden kann. Zu seiner Zeit war Professor Rothwell ein großer Mann." Mr Webber warf Holly einen bedeutsamen Blick zu. „Du musst wissen, dass er einen ernsten Nervenzusammenbruch hatte. Ich glaube nicht, dass er sich jemals vollkommen davon erholt hat. Und es scheint immer schlimmer zu werden."
„Er war sehr verwirrt." Holly erzählte von ihren früheren Begegnungen mit dem alten Mann.
Der Kurator nickte traurig. „Ich weiß, dass er exzentrisch ist. Ich hoffe nur, ich tue das Richtige, wenn ich ihm die Stücke vom Elfbolt Hill zeige. Immerhin hat er sie gefunden."
„Ja", erwiderte Holly. „Ich weiß. Hat er gesagt, warum er sie sehen wollte?"
„Anscheinend ist die Statue, die am Hob's Mound gefunden wurde, der sehr ähnlich, die er am Elfbolt Hill ausgegraben hat. Professor Fairfax hat sie ihm gezeigt." Der Kurator schüttelte den Kopf. „Das hätte sie lieber nicht tun sollen. Es hat alte Erinnerungen bei ihm geweckt. Das alles ist sehr traurig."
Holly hatte den Eindruck, dass dies nicht der richtige Augenblick war, ihm etwas von dem Verdacht zu erzählen, den der Mystery Club hegte. Nicht, solange der Professor im Museum war.
„Ich hoffe, dass wir ihn überreden können heimzufahren, sobald er die Stücke gesehen hat. Ich würde nicht gern die Polizei holen. Er hat keinen schweren Schaden angerichtet. Es gibt keinen Grund, Fremde in diese Sache hineinzuzie-

hen." Der Kurator zog ein Schlüsselbund aus der Tasche, denn vor ihnen lag eine abgeschlossene Tür.

Der Raum hinter dieser Tür sah aus wie ein Forschungslabor. Auf den langen Arbeitstischen standen Geräte zum Messen und Wiegen, einige elektronische Instrumente und ein Computer. Auf einem der Tische befanden sich außerdem zwei Holzkästen, die aussahen wie Schubladen. In ihnen lagen die Fundstücke von Elfbolt Hill. Die Statuen, Broschen und behauenen Steine waren sorgfältig verpackt. Auf einem weichen Tuch entdeckte Holly die goldene Statue.

Der Kurator zögerte. „Ich hoffe nur, ich tue das Richtige", wiederholte er noch einmal.

„Das tun Sie bestimmt", versicherte Holly ihm und lächelte hoffnungsvoll. „Vielleicht braucht er nur diese Dinge zu betrachten, um einzusehen, dass er ... im Irrtum ist. Sie wissen schon, wegen all dieser Legenden und so. Zumindest hoffe ich das."

Sie hoben die Kästen auf und trugen sie hinaus. Tracy hatte einen Besen gefunden und fegte die Scherben zusammen. Der Professor stand mit seinem bandagierten Handgelenk schweigend daneben. Als er Holly und den Kurator näher kommen sah, zeigte sich in seinen Augen ein merkwürdiges Funkeln. Er hastete den beiden entgegen.

„Geben Sie sie mir", rief er. „Ich muss sie zurückbringen. Sie gehören in die Erde."

„Professor!" Der Kurator, dessen Misstrauen wieder erwacht war, trat zurück und versuchte, den Kasten aus der Reichweite des alten Mannes zu entfernen. „Sie haben mir Ihr Wort gegeben!"

„Dummköpfe!", brüllte der Professor. „Diese Dinge gehören Ihnen nicht! Ich werde sie zu dem Grabhügel zurückbringen, in dem ich sie gefunden habe!"
Er griff hektisch nach dem Kasten und stieß ihn dabei dem völlig überraschten Kurator aus der Hand. Es krachte, als der Kasten hart auf dem Boden aufschlug und die wertvollen Broschen, Schmuckstücke und auch die goldene Statue herausfielen.
„Professor Rothwell!" Belinda baute sich vor ihm auf. „Sie wissen ja nicht, was Sie tun!"
Er starrte ihr ins Gesicht.
„Er wird dich holen", verkündete der Professor mit zitternder Stimme. „Und er wird dich hinabziehen in die ewige Dunkelheit." Er funkelte alle Anwesenden an. „Ihr Dummköpfe!", rief er noch einmal, machte kehrt und schritt auf den Ausgang zu. „Ich habe getan, was ich konnte", hörten sie ihn rufen. „Jetzt wird das Schicksal seinen Lauf nehmen."
Belinda atmete erleichtert auf, als der alte Mann die Stufen hinunterging und verschwand.
„Übergeschnappt", murmelte Tracy.
Doch etwas anderes hatte Hollys Aufmerksamkeit erregt. Sie ging in die Hocke und hob die goldene Statue auf.
„Seht euch das an", flüsterte sie. „Seht euch das an." Der Kopf der Statue war abgebrochen, und die Bruchstelle war braun. Sie sah Belinda an. „Du hattest Recht: Es ist Ton. Die Statue ist eine Fälschung!"

Der Kurator hörte verblüfft zu, als die drei ihm alles über Anne Fairfax erzählten und ihm berichteten, was sie über den angeblichen Fund am Hob's Mound herausgefunden und vermutet hatten. Er glaubte ihnen jedes Wort, denn die zerbrochene Statue war ein eindeutiger Beweis.

Er gab Mrs Hank seine Schlüssel. „Schließen Sie für mich ab", bat er. „Und fassen Sie nichts an. Ich fahre mit diesen Mädchen zur Polizei."

Die Mädchen ließen ihre Räder vor dem Museum stehen und stiegen in Mr Webbers Auto. Holly tat es fast Leid, dass es ihre Aussage sein würde, die Chris Lambert ins Unglück stürzte. Vor allem, da sie inzwischen überzeugt war, dass Anne Fairfax ihn zu dem Betrug angestiftet hatte.

Auf der Polizeiwache wartete eine weitere Überraschung auf sie. An der Tür trafen sie auf John Mallory. Er knöpfte gerade seine Jacke zu und warf ihnen auf dem Weg nach draußen einen vernichtenden Blick zu.

Etwas an seinen Händen irritierte Holly einen Moment lang, doch sie hatte keine Zeit, darüber nachzudenken, denn er drängte sich zwischen ihnen hindurch und verschwand.

„Sie haben ihn gehen lassen", flüsterte Tracy. „Ich kann nicht glauben, dass sie ihn einfach gehen lassen."

Sie hatten keine Möglichkeit, darüber zu sprechen, denn Mr Webber hatte die Wache bereits betreten. Sie mussten nur kurz warten und wurden dann in einen nüchternen Nebenraum geführt. Zwei Polizisten machten sich Notizen, als die Mädchen ihre Aussagen zu Protokoll gaben. Die beiden tauschten wissende Blicke, als Holly ihnen von der Statue erzählte, die sie im Wohnwagen entdeckt hatte.

„Du hast uns sehr geholfen", lobte einer der Polizisten und lächelte Holly an. „Du bist sehr aufmerksam gewesen. Wir könnten mehr Zeugen wie dich gebrauchen."
„Aber was ist mit der echten Statue?", stieß Tracy hervor. „Dieser Mallory hat sie doch sicher gestohlen!"
Der Polizist schüttelte den Kopf. „Mr Mallory ist befragt und ohne Anklage wieder entlassen worden." Er erhob sich und lächelte wieder. „Ihr könnt jetzt gehen", sagte er. „Ihr werdet von uns hören."
„Das verstehe ich nicht", schimpfte Tracy, als sie wieder auf der Straße standen. „Wir haben diesen Mallory doch vom Ort des Verbrechens wegfahren sehen. Wie konnten sie ihn nur laufen lassen?"
„Ich bin sicher, die Polizei weiß, was sie tut", bemerkte Mr Webber. „Sie weiß es ganz bestimmt", murmelte Belinda. „Ich wünschte nur, dass ich es auch wüsste."
Mr Webber fuhr sie zum Museum und ihren Fahrrädern zurück. Als Holly nach Hause radelte, fühlte sie sich furchtbar enttäuscht. Jetzt, da die Polizei von ihren Nachforschungen wusste, gab es für den Mystery Club nichts mehr zu tun. Es war ein schrecklicher Gedanke, einfach nur herumzusitzen und warten zu müssen, was als Nächstes passieren würde. Aber was blieb ihnen anderes übrig? Jetzt, da die Polizei die Ermittlungen übernommen hatte, war die Rolle, die Holly und ihre Freundinnen in diesem Fall gespielt hatten, beendet. Anscheinend war das Geheimnis um die goldene Statue nun gelöst.

Es war noch früh am Sonntagmorgen. In der Nacht hatte es stark geregnet, doch jetzt erstrahlte der Himmel in einem wolkenlosen, verwaschenen Blau. Holly kniete auf ihrem Bett, hatte die Ellenbogen auf das Fensterbrett gestützt und sah aus dem Fenster. Jamie grub mit verbissenem Eifer im hinteren Teil des Gartens herum. Holly hatte sich schon darüber gewundert, dass ihre Eltern gar nichts zu der Verwüstung gesagt hatten, die er dort angerichtet hatte. Vor allem jetzt, da seine Löcher zu einer einzigen Schlammwüste zusammengeschmolzen waren. Sie vermutete jedoch, dass ihr Vater wegen des Wochenendes nicht in seine Werkstatt hinübergegangen war und dass ihre Eltern beide noch keinen Blick aus einem der hinteren Fenster geworfen hatten. Sie war ganz sicher, dass Jamie gewaltigen Ärger bekommen würde, wenn sie es taten. Holly versuchte, die Niedergeschlagenheit des vergangenen Abends abzuschütteln. Sie hatte immer noch ein schlechtes Gewissen, Chris in Schwierigkeiten gebracht zu haben, doch daran war jetzt nichts mehr zu ändern, und außerdem hatte er die goldene Statue ja wirklich gestohlen – aus welchen Gründen auch immer. Das war zweifelsfrei erwiesen.
Doch etwas an diesem Fall war noch immer unklar. Holly fiel nur nicht ein, was es war. Es war eine winzig kleine Einzelheit, die in ihrem Unterbewusstsein gespeichert war.
Sie hörte das Telefon läuten und sprang aus dem Bett. Es war Kurt.
„Hast du schon gehört?", fragte er atemlos. „Sie haben Anne Fairfax geschnappt. Die Polizei, meine ich. Mein Vater hat es gerade aus der Nachrichtenredaktion erfahren."

Einer von Kurts Vorzügen war, dass er stets als Erster wusste, was in Willow Dale vor sich ging, denn sein Vater war der Herausgeber der Lokalzeitung. „Offenbar hat sie zugegeben, diese goldene Statue aus dem Museum gestohlen zu haben", fuhr er fort. „Du weißt schon, die, die sie angeblich gefunden hat. Und sie hat auch zugegeben, das Zeug aus dem Wohnwagen selbst genommen zu haben. Sie behauptet jedoch immer noch, dass sie jemand von hinten niedergeschlagen und ihr die Statue gestohlen hat. Ist das nicht unglaublich?"
„Das meiste davon wusste ich bereits. Ich glaube, dass wir es waren, die die Polizei auf sie angesetzt haben." Holly erzählte ihm, was sie auf der Wache ausgesagt hatten. „Aber ich hatte nicht erwartet, dass sie gestehen würde, die Statue aus dem Museum gestohlen zu haben. Wir haben sie nicht im Verdacht gehabt, denn wir waren uns sicher, dass Chris der Täter war. Weißt du, ob Chris überhaupt erwähnt wurde?"
„Allerdings", antwortete Kurt. „Professor Fairfax hat ausgesagt, dass er nichts mit der ganzen Sache zu tun hatte und dass er nicht einmal davon gewusst hat."
„Das ist doch zumindest eine erfreuliche Nachricht", stellte Holly fest. „Ich habe immer gehofft, dass er sich als unschuldig erweisen würde."
„Trotzdem seid ihr ein paar gemeine Biester." Kurt lachte. „Warum habt ihr mich nicht in alles eingeweiht? Das wäre eine Superstory geworden!"
„Wir waren uns nicht sicher", gab Holly zu. „Bis zu dem Augenblick, in dem der Professor die falsche Statue zer-

brach. Aber wir haben gedacht, John Mallory hätte die echte Statue. Schließlich haben wir ihn wegfahren sehen."

„Ja", sagte Kurt. „Davon habe ich auch gehört. Offenbar hat ihn die Polizei schon wenige Minuten nach dem Angriff auf Anne Fairfax gefasst. Er war noch nicht einmal aus seinem Wagen gestiegen. Doch die Statue war nirgends zu finden und so mussten sie ihn laufen lassen. Sie sind davon ausgegangen, dass er keine Zeit hatte, sie irgendwo zu verstecken."

„Ach", entfuhr es Holly. „Das erklärt natürlich alles."

„Es gibt noch etwas", sagte Kurt. „Die Polizisten, die diese Beutel angefasst haben, die im Wagen der Professorin gefunden wurden, leiden jetzt alle unter einem schrecklichen Ausschlag, und keiner weiß, woher er kommt."

Hollys Unterkiefer klappte herunter. „Das Juckpulver! Anscheinend habe ich nicht alles abgewischt."

„Was sagst du?", fragte Kurt.

„Juckpulver", wiederholte Holly. „Es ist eine echt lange Geschichte, aber ich habe versehentlich Juckpulver über diese Tüten geschüttet, und ..." Sie verstummte, und ihre Augen wurden immer größer, denn ihr war etwas eingefallen. „Kurt? Ich muss jetzt Schluss machen. Mir ist gerade etwas klar geworden. Ich rufe dich später noch einmal an." Sie legte den Hörer auf, noch bevor Kurt Zeit hatte, etwas zu sagen.

Belinda war mit dem Juckpulver in Kontakt gekommen und hatte mit Ausschlag darauf reagiert. Und jetzt war Holly auch wieder eingefallen, was sie an John Mallorys Händen bemerkt hatte, als er sich am vergangenen Nachmittag beim

Verlassen der Polizeiwache die Jacke zugeknöpft hatte. Auch seine Hände waren von roten Blasen übersät gewesen. Es war genau derselbe Ausschlag, den auch Belinda gehabt hatte.

Ein Ausschlag, der von Juckpulver verursacht wurde. Er musste diese Tüten angefasst haben – eine andere Erklärung gab es nicht. Holly zermarterte sich das Gehirn. Hatte Anne Fairfax denselben Ausschlag gehabt, als sie sie am Vortag bei der Mühle gesehen hatte? Sie versuchte, sich das Bild wieder vor Augen zu holen. Anne Fairfax, die sich eine Hand voll Papiertaschentücher gegen den blutenden Hinterkopf drückte. Aber hatte sie einen Ausschlag gehabt?

Nein! Holly war sich vollkommen sicher. Ihre Hände hatten eine ganz normale Farbe gehabt, und das bedeutete, dass sie diese Tüten gar nicht berührt haben konnte.

Das bedeutete auch, dass sie nicht diejenige gewesen sein konnte, die die Fundstücke aus dem Wohnwagen gestohlen hatte, auch wenn sie die Tat inzwischen gestanden hatte. Es musste jemand anders gewesen sein. Und die einzige andere Person, die Holly mit dem verräterischen Ausschlag gesehen hatte, war John Mallory.

Was ist hier los?, überlegte Holly. Deckt Professor Fairfax John Mallory? Warum sollte sie das tun? Das ergibt keinen Sinn. Ihr schlug das Herz bis zum Hals, als sie Belindas Nummer wählte. Sie ließ es eine halbe Minute lang läuten, gab dann auf und rief stattdessen bei Tracy an.

„Das müssen wir der Polizei sagen", rief Tracy aus, als ihr die Bedeutung von Hollys Entdeckung aufging. „Hast du schon mit Belinda gesprochen?"

„Ich konnte sie nicht erreichen", antwortete Holly. „Ich werde sofort zu ihr fahren. Wir treffen uns dort. Sie ist sicher ausgeritten, und sobald sie zurückkommt, gehen wir zur Polizei."

Holly trat mit aller Kraft in die Pedale und sauste hinüber zu Belindas Haus. Sie dachte angestrengt nach. Anne Fairfax hatte doch sicher nicht zugegeben, die Tüten aus dem Wohnwagen gestohlen zu haben, nur um John Mallory zu schützen? Warum sollte sie so etwas tun? Holly konnte sich keinen Reim darauf machen.
Doch Holly wusste etwas, das kein anderer wissen konnte. Sie wusste von dem Juckpulver. Sie wusste, dass John Mallory etwas mit dem Einbruch zu tun hatte – und sie konnte es beweisen. Und wenn der Mystery Club diese Information erst einmal an die Polizei weitergegeben hatte, war es nur noch eine Frage der Zeit, bis sie herausfand, dass John Mallory Anne Fairfax niedergeschlagen und ihr die Statue geraubt hatte.
Und dann, dachte Holly, werden wir vielleicht auch herausfinden, was wirklich hinter alledem steckt und warum Anne Fairfax etwas gestanden hat, was sie überhaupt nicht getan hat.

Belinda klopfte Milton den glänzenden Hals.
„Brav", schnaufte sie. „Das war klasse, nicht wahr?"
Sie liebte diese langen sonntäglichen Ritte.

Sie hatte Milton einen lang gestreckten Hügel hinaufgaloppieren lassen, ihr Haar wehte im Wind, und ihre Wangen waren rot vor Anstrengung. Erst als sie ihn durchparierte und versuchte, wieder zu Atem zu kommen, fiel ihr auf, wohin sein Galopp sie geführt hatte.

In dem Tal links von ihr lag der Hügel von Hob's Mound und jenseits der flachen Wiesen das kleine Wäldchen, das den Fluss Skelter und die Mühle des verrückten Professors verbarg.

Fast unbewusst hob sie die Hand und berührte den Glücksstein, den sie immer noch um den Hals trug. Er fühlte sich kalt an. Fast genauso kalt wie das Innere des unheimlichen alten Hauses, in dem der merkwürdige alte Mann lebte.

Sie klopfte Miltons Hals noch einmal. „Zumindest regnet es nicht mehr. Gestern Nacht hat es ja wirklich geschüttet, nicht wahr, mein Kleiner?"

Plötzlich fiel ihr etwas ein. Als Chris sie in der vergangenen Woche zur Blutigen Quelle geführt hatte, hatte er ihnen erzählt, dass sich das Wasser nach starken Regenfällen rot färbte.

„Ob es letzte Nacht genug geregnet hat?", murmelte Belinda. „Was hältst du davon, wenn wir einmal nachsehen? Ich habe noch nie einen roten Fluss gesehen."

Sie warf einen Blick auf das Wäldchen. „Allerdings bin ich nicht scharf darauf, allzu dicht an die Mühle heranzukommen." Sie überlegte einen Moment lang und trieb Milton dann entschlossen vorwärts.

„Wir glauben nicht an Professor Rothwells Spinnereien, nicht wahr, Kleiner? Natürlich nicht!"

Auf den sonnenbeschienenen Hügeln war es nicht schwer, mutig zu sein, doch als Milton anfing, sich seinen Weg durch das Halbdunkel des Waldes zu suchen, kamen Belinda doch Bedenken. Vielleicht war das Ganze doch keine so geniale Idee. Um zur Blutigen Quelle zu kommen, musste sie dicht an der Mühle vorbeireiten.

Sie beugte sich tief über Miltons Hals und die Äste griffen nach ihrem Haar wie aufdringliche Finger. Dieser schmale Waldstreifen hatte etwas sehr Unheimliches an sich. Belinda hatte das Gefühl, beobachtet zu werden. Es war auch nicht gerade hilfreich, dass sie schon nach kurzer Zeit nicht mehr wusste, wo sie war.

„Sieh dir das an", rief sie, um die unheimliche Stille zu brechen. Sie waren in ein Gebiet gekommen, in dem das Land sich hob und senkte wie ein ungemachtes Bett. Direkt vor ihr erhob sich ein Hügel mit einer schwarzen Öffnung, die aussah wie ein Mund. Es war der von Brombeerranken halb zugewucherte Eingang einer Höhle.

„Chris hat uns von all diesen Höhlen erzählt", sagte sie und steuerte Milton nach links, in der Hoffnung, in dieser Richtung wieder auf bekanntes Gebiet zu stoßen.

Plötzlich sprang etwas Dunkles aus dem Schatten hervor und richtete sich fast direkt unter Miltons Hufen auf. Belinda stieß einen entsetzten Schrei aus. Milton stieg und machte auf der Hinterhand kehrt, und Belinda spürte, wie sie rückwärts hinunterfiel und die Zügel aus ihrer Hand rutschten. Vor ihren Augen wirbelten die Blätter der Bäume vorüber und sie stürzte auf den Waldboden.

Kapitel 9

Gefangen!

Holly brachte ihr Fahrrad auf der breiten, kiesbestreuten Auffahrt des luxuriösen Hauses der Familie Hayes zum Stehen. Mrs Hayes war im Vorgarten und wurde zur Hälfte von einem gewaltigen Rosenstrauch verdeckt. Holly konnte das scharfe Klicken ihrer Gartenschere hören.
„Hallo!", rief Holly und schob ihr Fahrrad zu Mrs Hayes hinüber.
„Guten Morgen Holly." Mrs Hayes trug makellose Gartenkleidung, hatte ihr wohl frisiertes Haar mit einem Kopftuch geschützt und trug grüne Gummistiefel. Sie war eine Dame, die zu allen Gelegenheiten immer passend gekleidet war.
„Sind die Rosen nicht traumhaft? Mr Connor hält den Garten wirklich ausgezeichnet in Schuss", vertraute sie Holly an. „Aber ich komme trotzdem gern hier heraus, wenn ich Zeit habe."
„Ist Belinda zu Hause?", fragte Holly, nachdem sie ein paar höfliche Bemerkungen über die Rosen gemacht hatte.

„Sie ist ausgeritten", sagte Mrs Hayes und sah auf ihre Uhr. „Aber sie ist schon eine ganze Weile fort und müsste bald zurück sein."

Holly hörte Räder auf dem Kies knirschen. Es war Tracy, die mit ihrem Rad angefahren kam.

„Warum wartet ihr beide nicht im Stall auf Belinda?", schlug Mrs Hayes vor. „Sie kann jeden Moment zurückkommen."

Die beiden schoben ihre Räder durch den Garten und lehnten sie gegen die Stallwand.

„Es ist typisch für Belinda, nicht da zu sein, wenn wir sie brauchen", stellte Tracy fest.

„Die paar Minuten machen doch keinen Unterschied", entgegnete Holly. „Und Belinda würde ausflippen, wenn wir ohne sie zur Polizei gingen."

Sie schlenderten zum Gartenzaun hinüber und lehnten sich dagegen. Ein schmaler Reitweg führte den Hügel hinab.

„Ich glaube immer noch, dass an Anne Fairfax' Geständnis etwas faul ist", sagte Tracy. „Es kann ja sein, dass sie es war, die die Statue im Museum ausgetauscht hat, und nicht Chris. Aber das Zeug aus dem Wohnwagen hat sie mit Sicherheit nicht gestohlen. Das war Mallory."

„Vielleicht hat sie Mallory dazu angestiftet?", überlegte Holly. „Wenn das Zeug gestohlen worden war, hätten sie es still und heimlich verkaufen können, ohne Verdacht zu erregen. Vielleicht steckt sie schon lange mit Mallory unter einer Decke."

„Und warum hat er sie dann niedergeschlagen und sich die Statue geschnappt?", wollte Tracy wissen.

„Vielleicht ist er zu gierig geworden", überlegte Holly. „Vielleicht wollte er den ganzen Profit für sich haben, anstatt sich mit einem Anteil zu begnügen. Ich bin nur froh, dass ihre Aussage Chris entlastet hat." Sie lächelte Tracy an. „Es wäre schrecklich für ihn gewesen, wenn sie kein Geständnis abgelegt hätte, nicht wahr? All unsere Beweise deuteten auf ihn als Täter."
„Das stimmt", sagte Tracy. „Einschließlich der Tatsache, dass du die Statue in seinem Rucksack gesehen hast. Wahrscheinlich hat sie sie dort versteckt, ohne dass er davon wusste, meinst du nicht?"
„Ja, wahrscheinlich." Holly blickte auf den langen, gewundenen Reitweg hinab. „Komm schon, Belinda", murmelte sie. „Wo bleibst du denn?"

Belinda lag auf dem Boden und schnappte nach Luft. Sie hatte ihre Brille verloren und ihr tat alles weh. Doch ihr erster Instinkt war, wieder auf die Beine zu kommen und Milton einzufangen, bevor er zu weit weglief. Sie richtete sich mit einem Stöhnen auf, doch es war zu spät. Das erschreckte Pferd galoppierte bereits durch den Wald davon. Jemand beugte sich über sie, und noch bevor sie etwas tun konnte, hatte ihr die Person wieder auf die Füße geholfen.
„Bist du verletzt?", fragte eine bekannte Stimme.
Belinda blinzelte verwirrt und erkannte das Gesicht von Professor Rothwell. „Das war ein schlimmer Sturz. Ich wollte dich doch nicht erschrecken. Hast du dir etwas gebrochen?"

„Nein", murmelte Belinda. „Ich glaube nicht." In erster Linie war sie wütend. „Was haben Sie sich eigentlich dabei gedacht?", fragte sie und versuchte, ihren Schrecken zu verdrängen. „Wie konnten Sie so auf mich zuspringen? Ich hätte mir das Genick brechen können!" Sie schaute sich suchend nach Milton um, doch er war längst außer Sichtweite. „Toll!", rief sie aus. „Sehen Sie nur, was Sie angerichtet haben. Er ist jetzt wahrscheinlich schon halb zu Hause! Wo ist meine Brille?"

Professor Rothwell bückte sich und hob Belindas Brille auf. Sie setzte sie auf, froh, dass die Gläser heil geblieben waren. Der alte Mann packte ihr Handgelenk. „Ich wollte dich nur warnen", flüsterte er und sah sie eindringlich an. Seine Stimme hatte wieder diesen drängenden, beschwörenden Tonfall, den Belinda bereits kannte. „Ich wusste, dass du herkommen würdest, Epona. Ich wusste, dass es dich herziehen würde. Du bist dir der Gefahr nicht bewusst. Das Grab ist jetzt offen. Jetzt gibt es nichts mehr, das Cernunnus daran hindern könnte, Rache zu nehmen."

Belinda hörte sich seinen verrückten Vortrag an, und allmählich mischte sich Furcht in ihre Verärgerung.

„Ich bin nicht hergezogen worden! Lassen Sie mich los." Sie versuchte, ihren Arm wegzuziehen, doch der Professor hatte erstaunlich viel Kraft.

„Hören Sie, Professor", fuhr sie betont ruhig fort und versuchte, ihre zunehmende Furcht zu unterdrücken. „Bitte lassen Sie mich gehen. Ich bin nicht diese Epona, von der Sie ständig reden. Mein Name ist Belinda. Belinda Hayes. Ich verstehe das alles nicht. Bei diesem ganzen Zeug über Göt-

tinnen und Zauberei handelt es sich doch nur um Legenden. Nichts davon ist wahr. Können Sie das denn nicht einsehen? Ich bin nur ein ganz normales Mädchen."
Der alte Mann lockerte seinen Griff, doch die Wildheit verschwand nicht aus seinem Blick.
Belinda lächelte zaghaft. „Jetzt muss ich aber mein Pferd einfangen. Meine Mutter flippt aus, wenn Milton ohne mich zu Hause ankommt."
„Ja", stimmte der alte Mann zu und ließ ihr Handgelenk los. „Das verstehe ich." Er strich sich mit der Hand über die Augen. „Du sagst, dein Name ist Belinda?"
„Das stimmt", bestätigte sie.
Der alte Professor sah sie verunsichert an. „Sollte ich mich geirrt haben?", murmelte er, doch Belinda hatte nicht den Eindruck, dass er mit ihr sprach.
„Ich glaube schon." Belinda lächelte ihn aufmunternd an. „Ich glaube, Sie sind ein bisschen verwirrt, das ist alles."
„Verwirrt?", fragte der Professor. „Ja, ja, du hast Recht. Ich war ... verwirrt." Seine Stimme wurde plötzlich wieder kräftiger. „Wie willst du dein Pferd fangen?"
„Ich weiß es nicht", gab Belinda zu. „Aber machen Sie sich darüber keine Sorgen. Milton kennt den Weg nach Hause. Ich muss ihm einfach nur folgen." Sie seufzte. „Das wird ein langer Fußmarsch."
„Du sagtest, deine Mutter würde sich Sorgen machen, wenn dein Pferd ohne dich nach Hause kommt?", fragte der Professor. „Wäre es nicht besser, wenn du sie anrufen würdest, um ihr zu sagen, dass dir nichts passiert ist? Du könntest mein Telefon benutzen."

„Nein, das wird nicht nötig sein", wehrte Belinda ab, denn sie wollte die Mühle auf gar keinen Fall ein zweites Mal betreten.

„Ich möchte aber nicht, dass deine Mutter sich Sorgen um dich macht", sagte der alte Mann. „Nun komm schon – das ist das Mindeste, was ich für dich tun kann. Ruf deine Mutter an und dann fahre ich dich heim. Es ist doch Unsinn, dass du die ganze Strecke zurückläufst."

Belinda sah ihn misstrauisch an. „Ja, das stimmt schon. Aber Sie brauchen mich nicht nach Hause zu fahren. Meine Mutter holt mich ab." Sie nickte. „Also gut. Ich rufe eben an."

Als sie mit dem alten Mann durch das Wäldchen auf die Mühle zuging, machte er einen ganz normalen Eindruck auf sie. Vielleicht glaubt er mir endlich, dachte Belinda. Vielleicht hat er jetzt eingesehen, dass das Ganze eine Schnapsidee war.

Die eisige Atmosphäre in der alten Mühle verursachte ihr eine Gänsehaut. Der Professor führte sie durch die Hintertür ins Haus, durch die Küche und in den Flur. Sie wollte ihm gerade erzählen, dass sie schon einmal mit Holly in seinem Haus gewesen war und sein Telefon benutzt hatte, als er ihr einen Stoß versetzte.

Sie stolperte durch eine offen stehende Tür und hörte, wie sie hinter ihr zugeschlagen wurde. Sie wirbelte herum und bearbeitete die Tür mit den Fäusten.

„Professor!", brüllte sie. „Lassen Sie mich raus!"

„Du musst hier bleiben", sagte er auf der anderen Seite der schweren Holztür. „Du musst bleiben, bis die Gefahr vorü-

ber ist. Er ruft nach dir, Epona. Der gehörnte Gott Cernunnus zieht dich zu sich. Aber hab keine Angst, ich werde dich beschützen."
Belinda schlug auf die Tür ein. "Professor!"
Doch von draußen war kein Laut mehr zu vernehmen. Belinda stöhnte verzweifelt auf, drehte sich um und ließ sich an der Tür hinuntergleiten, bis sie auf dem Boden saß.
"Du beschützt mich vielleicht vor deinem bekloppten gehörnten Gott", murmelte sie deprimiert. "Aber wer zum Teufel beschützt mich vor dir?"

"Sieh nur, wie spät es ist", rief Tracy. "Hat ihre Mutter nicht gesagt, sie müsste jeden Augenblick zurückkommen?"
Die beiden Freundinnen hatten nun schon eine halbe Stunde auf Belinda gewartet. Holly war in den Stall gegangen und hatte sich das Fernglas geholt, das Belinda in der Sattelkammer aufbewahrte. Sie saß auf dem Zaun und suchte die Landschaft nach Belinda ab.
"Das ist mal wieder typisch", beschwerte sich Tracy. "Es gibt doch jetzt wirklich Wichtigeres als ihren Ausritt. Holly, hörst du mir überhaupt zu?"
"Nein, eigentlich nicht", murmelte Holly geistesabwesend. Sie hatte durch das Fernglas etwas Kleines, Dunkles entdeckt, doch es war zu weit entfernt, um es genau zu erkennen. Sie drehte die Einstellschraube des Fernglases, um ein besseres Bild zu bekommen.
"Oh!" Ihr überraschter Ausruf ließ Tracy ebenfalls auf den Zaun springen.

„Was ist es?", fragte sie. „Lass mich auch durchsehen. Ist es Belinda?"

„Nein", entgegnete Holly. „Es ist Milton. Aber ich könnte schwören, dass er es ist, aber er ist allein. Sieh es dir selbst an."

Tracy brauchte einen Moment, um das Fernglas auf das weit entfernt dahintrabende Pferd einzustellen.

„Du hast Recht! Er ist es. Hoffentlich ist sie nicht gestürzt, was meinst du?"

„Ich hoffe nicht", sagte Holly und sprang vom Zaun. „Meinst du, dass wir mit den Fahrrädern dorthin fahren können? Der Boden ist zwar ziemlich uneben, aber zum Laufen ist es zu weit."

„Sollten wir nicht erst ins Haus gehen und es ihrer Mutter sagen?", fragte Tracy.

„Was könnte sie schon tun?", fragte Holly. „Mit dem Auto kommt man nicht dorthin und außerdem würde sie nur in Panik geraten. Lass uns lieber erst herausfinden, was passiert ist. Eine von uns kann immer noch zurückkommen, wenn es etwas Schlimmes ist."

Auf dem Reitweg war es nicht so problematisch, aber als die Mädchen das offene Gelände erreicht hatten, klapperten und schlingerten ihre Räder bedenklich, und sie drohten immer wieder zu stürzen, als sie sich zu der Stelle vorarbeiteten, an der sie das Pferd gesehen hatten.

Die Hügel versperrten ihnen den Blick, und es dauerte ein paar Minuten, bis sie Milton endlich wieder entdeckten. Er trabte mit nachschleifenden Zügeln auf sie zu.

„Soll ich ihn aufhalten?", fragte Tracy.

„Nein, lass ihn laufen", entschied Holly. „Er kennt den Weg. Wir müssen Belinda finden."

Milton war aus dem Wald gekommen und so lenkten auch die Mädchen ihre Räder in den Wald. Sie suchten sich die ebensten Strecken aus und riefen Belindas Namen.

Schließlich wurde es unmöglich, mit den Rädern weiterzukommen. Sie lehnten sie gegen einen Baum, rannten tiefer in den Wald hinein und riefen aus vollem Hals nach Belinda.

Es war hoffnungslos. Überall verliefen kleine Pfade und Hufspuren, doch alle endeten im Nichts.

„Was hat sie bloß hier gewollt?", keuchte Tracy. „Welcher Idiot versucht, durch diesen Urwald zu reiten?"

„Keine Ahnung", japste Holly. „Vielleicht hat sie etwas gesehen. Vielleicht ist sie auch jemandem gefolgt. Woher soll ich wissen, was sie hier ... oh!" Der Wald endete plötzlich, und die Mädchen blickten auf das braune Wasser des Skelter.

„Das war's wohl", sagte Tracy. „Hier sind wir falsch. Wir müssen zurück."

„Nein, warte. Sieh nur!" Holly streckte den Zeigefinger aus. Einige hundert Meter flussabwärts war eine kleine Lichtung. Auf dieser Lichtung, direkt am Flussufer, stand die alte Mühle mit dem großen, stillstehenden Mühlrad.

„Das ist das Haus von Professor Rothwell", sagte Holly. „Mir ist gar nicht aufgefallen, dass wir so weit gelaufen sind."

„Also hier lebt der verrückte Professor?", fragte Tracy. „Was für ein unheimlicher Kasten! Kein Wunder, dass er übergeschnappt ist."

„Ich überlege gerade", dachte Holly laut, „ob Belinda vielleicht hierher geritten ist. Vielleicht hat sie Professor Rothwell gesehen und ist ihm gefolgt. Das würde auch erklären, was sie in diesem Wald zu suchen hatte."
„Warum sollte sie ihm folgen?", fragte Tracy.
„Du sagtest doch selbst, dass niemand freiwillig durch diesen Urwald reiten würde. Und damit hast du vollkommen Recht. Das würde niemand tun, der nicht einen triftigen Grund dafür hat. Ich glaube, wir sollten lieber gehen und das überprüfen. Es sei denn, du hast eine bessere Idee."
Tracy schüttelte den Kopf und folgte Holly zu der abgelegenen Mühle.
Plötzlich blieb Holly überrascht stehen. Durch das Gestrüpp konnten sie erkennen, dass vor dem Haus ein Auto parkte. Es war nicht der Wagen von Professor Rothwell, sondern ein silberner Kombi. Keine von ihnen brauchte etwas zu sagen; beide hatten das Auto sofort erkannt. Es gehörte John Mallory.
Noch während die beiden darüber nachdachten, ertönte ein Geräusch. Ein gewaltiges, ächzendes Geräusch, das von der Rückseite der Mühle kam.
„Was ist das?", zischte Holly und sah sich zu Tracy um. „Was zum Teufel ist das?"

Beinahe hätte Belinda gelacht. Was immer der Professor sein mochte, ein besonders guter Gefängniswärter war er jedenfalls nicht.
Der Raum, in den er sie gesperrt hatte, hatte einen Dielen-

fußboden, und die wenigen schweren Möbelstücke waren mit einer dicken Staubschicht bedeckt. Ein kleines, schmutziges, mit Spinnweben verhangenes Fenster ließ nur wenig Licht einfallen. Das Fenster war verschlossen, aber soweit Belinda sehen konnte, war es ihr bester Fluchtweg.
Sie stand auf und suchte nach etwas, mit dem sie die Scheibe einschlagen oder das schwächlich aussehende Schloss aufbrechen konnte. Hinter einem alten Kleiderschrank entdeckte sie etwas, das ihr ein grimmiges Lächeln entlockte. Hinter dem Schrank befand sich eine niedrige Tür, die der Professor offensichtlich vollkommen vergessen hatte.
Sie stemmte ihren Rücken gegen den Kleiderschrank und schob mit aller Kraft. Holz knarrte auf Holz, und der Schrank rückte Zentimeter für Zentimeter von der Wand ab. Belinda zwängte sich in den schmutzigen Spalt. An der Tür war kein Griff, aber auch kein Schloss. Sie steckte ihren Finger in das Loch, in dem einst die Türklinke gewesen war, und zog die Tür auf.
Staubwolken umhüllten sie. Sie zwängte sich durch und landete in einem engen, dunklen Treppenschacht aus Holz, der aussah wie der Zugang zu einem Schlossturm. Aufgewirbelter Staub und losgerissene Spinnweben umgaben sie, als sie vorsichtig die knarrenden Stufen hinaufschlich.
Sie kam an einen niedrigen, viereckigen Ausgang. Sie ging in die Hocke, schlüpfte durch die Tür und fand sich in einem Raum voller alter hölzerner Maschinen wieder. Sie stand auf einer Art Plattform hoch über dem steinernen Mahlwerk. Durch die Öffnungen im Mauerwerk konnte sie das große Mühlrad sehen, und unter ihr lagen die großen Mühlsteine.

Ihr einziges Problem war, dass von dieser Plattform kein Weg nach unten führte. Unten auf dem Boden lag zwar eine Leiter, doch sie nützte ihr nichts, denn sie konnte sie nicht erreichen. Ihr wurde schon schwindlig, wenn sie nur hinuntersah.

Ein hohles Dröhnen hallte durchs Haus. Es klang im Haus anders, als es sich von draußen angehört hatte, doch Belinda erkannte es. Es war das Geräusch des hässlichen alten Türklopfers, der gegen die schwarze Holztür der Mühle schlug. Ihr Herz machte einen Freudensprung. Der Professor bekam Besuch. Wer immer es auch war, er konnte nicht so verrückt sein wie der Professor, dachte sie sich. Jetzt brauchte sie nur noch um Hilfe zu rufen und würde gerettet werden.

Verzerrte Stimmen drangen an ihr Ohr. Wütende Stimmen. Die des Professors und die eines anderen Mannes, der viel lauter sprach, beinahe brüllte.

Belinda runzelte die Stirn. Sie kannte diese andere Stimme. Sie hatte sie erst vor kurzem gehört. Die Stimmen kamen näher und Belinda schnappte nach Luft. Sie war sich ganz sicher: Die zweite Stimme gehörte John Mallory.

Ihre letzten Zweifel wurden zerstreut, als unter ihr eine Tür aufgestoßen wurde und der alte Professor in den Mühlraum gestolpert kam. Belinda ging hinter dem alten hölzernen Mahlwerk in Deckung und riskierte einen Blick über ein riesiges Zahnrad hinweg. John Mallory stand in der offenen Tür.

„Sie alter Schwachkopf", zischte er. „Ich bin nicht gekommen, um mir Ihr blödsinniges Geschwätz anzuhören. Ich will wissen, was Sie mit der Statue gemacht haben."

„Sie muss zurück in die Erde; dorthin, wo sie gefunden wurde", bestimmte der Professor. „Der gehörnte Gott ist erwacht." Er drohte John Mallory mit einem zitternden Finger. „Seine Macht wächst. Niemand ist vor ihm sicher."
Belinda sah, wie sich John Mallorys Augen zu Schlitzen verengten. „Sie sind verrückt. Sie haben schon so lange mit diesem Unsinn gelebt, dass Sie nicht mehr wissen, was wahr ist und was nicht." Er betrat den Raum. „Sie waren es, nicht wahr? Sie haben die Fairfax niedergeschlagen und ihr die goldene Statue abgenommen, habe ich nicht Recht, Sie alter Schwachkopf?" Er schnaufte wütend. „Ich wünschte nur, ich wäre gleich darauf gekommen. Wenn ich nur daran denke, wie dicht ich an der Statue war, ohne es zu wissen. Hätte ich nur gewartet, bis sie zu ihrem Auto zurückkam." Er kam auf den Professor zu. „Sie verstehen kein Wort von dem, was ich sage, nicht wahr? Sie können ja nicht einmal mehr die Nacht vom Tag unterscheiden."
Belinda sah den Professor zurückweichen. „Ich weiß, dass Sie mit dem gehörnten Gott im Bunde sind", keuchte er. „Ich kann das Böse in Ihrem Gesicht sehen."
John Mallory lachte verächtlich. „Es gibt keinen gehörnten Gott, Sie Blödian. Ich bin mit niemandem im Bunde. Ich wünschte nur, ich hätte gewusst, dass sie die Statue bei sich hatte, als ich ihr gestern hierher gefolgt bin. Dann hätten Sie sie niemals in die Finger bekommen, denn ich hätte sie mir geschnappt. Ich hätte sie verkauft und mich mit dem Erlös zur Ruhe gesetzt. Dann hätte ich auch nicht so viel Zeit darauf verschwenden müssen, ihren Ruf zu ruinieren. Ich hätte es mir sparen können, ihr die Beute aus dem Einbruch unter-

zuschieben. Es hätte keine Rolle gespielt, wer die Ausgrabungen leitet, wenn ich nur die Statue erwischt hätte." Er sprang nach vorn. „Wo haben Sie die Statue gelassen?", brüllte er und packte den alten Mann an der Schulter. „Wo haben Sie sie versteckt?"
„Ich sage es Ihnen", keuchte der Professor und wand sich in Mallorys hartem Griff. „Ich habe sie in die Höhle gebracht. Aber dort dürfen Sie nicht hingehen. Die Statue muss zurück in ihr Grab. Sie sehen die Gefahr nicht, in der wir alle schweben." Seine Stimme erhob sich zu einem schrillen Schrei. „Der gehörnte Gott!"
„In welche Höhle?" John Mallorys Augen funkelten gefährlich. „Sie und Ihre verdammten Geschichten! Von welcher Höhle sprechen Sie?"
„Sie ist oben im Wald", rief der Professor. Belinda beobachtete, wie er sich plötzlich ruckartig drehte und aus Mallorys Griff losriss.
Mallory hechtete sofort hinter ihm her. Der alte Mann stolperte, seine Arme wirbelten durch die Luft, und er packte einen langen hölzernen Hebel, um sein Gleichgewicht zu halten. Mit einem protestierenden Knirschen schlug der Hebel unter dem Gewicht des alten Mannes nach vorn um.
Belinda beugte sich über das Zahnrad. Der Professor lag auf dem Rücken, und Mallory hockte über ihm und sah aus, als wäre er bereit, auf den wehrlosen alten Mann einzuschlagen. Das konnte Belinda nicht zulassen. Was auch immer mit ihr geschah, sie konnte nicht zusehen, wie der alte Professor misshandelt wurde.
Plötzlich ertönte ein gewaltiges Knarren und Ächzen von

sich langsam bewegendem Holz. Das Mühlrad hatte begonnen, sich zu drehen! Belinda sprang zurück, ihr schlug das Herz bis zum Hals, und der sie umgebende Lärm ließ ihren Kopf dröhnen.

Hinter ihr flackerte Licht auf. Sie wirbelte entsetzt herum. Rings um sie herum hatten die Zahnräder und Walzen angefangen, sich zu drehen. Entsetzt stellte sie fest, dass der Hebel, den der alte Mann versehentlich umgelegt hatte, das Mahlwerk in Gang gesetzt hatte.

Als sie versuchte, sich vor der gefährlichen Maschinerie in Sicherheit zu bringen, spürte sie ganz plötzlich, wie etwas an ihrem Sweatshirt zog. Sie versuchte, sich loszureißen, und starrte voller Panik auf die sich drehenden Zahnräder. Der Bund ihres Sweatshirts war zwischen die riesigen Zahnräder geraten.

Ihre Füße rutschten über den Boden, und sie stieß einen schrillen Schrei aus, als die Maschinerie sie immer dichter an sich heranzog.

Kapitel 10

Flucht in die Dunkelheit

„Was macht Mallory denn hier?", fragte Tracy, als die beiden Mädchen durch das Gestrüpp auf den in der Auffahrt stehenden Kombi starrten. „Was glaubst du? Ist er ein Freund des verrückten Professors?"
„Das wäre möglich", überlegte Holly. „Obwohl Professor Rothwell eigentlich nicht der Typ ist, der Freunde hat." Sie warf einen Blick auf den Fluss. „Behalte den Wagen im Auge. Ich gehe nachsehen, woher dieser Lärm kommt."
Holly lief an der Mühle entlang. Die Ursache des Lärms war eindeutig zu erkennen. Schaumiges Wasser ergoss sich von den Flügeln des alten Mühlrades, das sich im schnell fließenden Skelter gemächlich drehte. Sie fragte sich nur, warum sich das Mühlrad so plötzlich in Bewegung gesetzt hatte. Bei ihrem ersten Besuch hatte sie den Eindruck, als wäre es schon jahrzehntelang stillgestanden.
Sie entdeckte ein schmales Fenster im Mauerwerk, und ihr Magen krampfte sich zusammen, als sie sah, was sich hinter

diesem Fenster abspielte. Sie starrte in den Mahlraum mit seinen hohen grauen Steinwänden. Professor Rothwell lag in der Nähe der Mühlsteine auf dem Rücken und John Mallory hatte sich mit erhobenem Arm und hasserfülltem Gesicht über ihn gebeugt. Es sah aus, als wollte er auf den alten Mann einschlagen.

Ohne nachzudenken schnappte sich Holly einen faustgroßen Stein, der neben der Mauer lag, und schleuderte ihn gegen das Fenster. Als das Glas zersprang, hörte sie einen Schrei, doch er kam nicht von einem der Männer. Es war der schrille Schrei eines Mädchens.

Mallory drehte blitzartig den Kopf, als Hollys Stein in einem Schauer von unzähligen Glasscherben auf dem Boden aufschlug. Er sprang auf die Füße, angriffslustig wie eine in die Enge getriebene Ratte. Sein Gesicht war vor Schreck verzerrt, doch nach wenigen Augenblicken hatte er sich wieder gefangen und rannte zur Tür.

Holly hörte einen zweiten Schrei. Er kam von hoch oben in diesem Raum. Sie ergriff einen weiteren Stein und begann, die Glasscherben herauszuschlagen, die noch in dem schmalen Fensterrahmen steckten.

Professor Rothwell hatte sich aufgesetzt und die Hände vor das Gesicht geschlagen. Als Holly auf die abschüssige Fensterbank sprang, sah sie, wie der Professor sich auf die Beine kämpfte und dabei unverwandt in die Höhe schaute. Er packte einen hölzernen Hebel und versuchte, ihn nach oben zu zerren.

Holly hechtete durch das offene Fenster und landete auf allen vieren.

„Hilf mir!", brüllte der Professor und riss an dem Hebel. „Deine Freundin ist im Mahlwerk eingeklemmt."
„Holly!"
Holly hörte die Panik in Belindas Stimme und sah nach oben. Hoch oben auf einer Plattform entdeckte sie Belinda, die hektisch versuchte, sich zu befreien, während die Maschinerie sie unerbittlich immer näher zog.
Es würde nur noch wenige Sekunden dauern, bis sie zwischen die Zahnräder geriet. Es war keine Zeit mehr, Fragen zu stellen. Holly sprang auf und zerrte mit aller Kraft an dem Hebel. Er richtete sich unter protestierendem Ächzen langsam auf. In der plötzlich eingetretenen Stille konnte Holly deutlich hören, wie Belinda erleichtert aufschluchzte.
„Die Leiter!", rief der Professor. „Hilf mir, die Leiter anzulegen."
„Belinda? Bist du in Ordnung?", rief Holly zu ihr hinauf. Über den Rand der Plattform konnte sie Belindas bleiches Gesicht sehen.
„Holt mich hier raus!", rief Belinda mit zitternder Stimme. „Dieses Ding hat versucht, mich zu fressen!"
„Bist du verletzt?", rief Holly.
„Nein. Aber ich kann mich nicht bewegen", antwortete Belinda. „Es hat mein Sweatshirt erwischt."
Es war nicht leicht, die schwere alte Leiter aufzurichten, doch Holly und der Professor schafften es mit vereinten Kräften, sie aufzustellen und mit einem dumpfen Dröhnen gegen die Plattform kippen zu lassen.
Professor Rothwell hielt die Leiter fest und Holly kletterte nach oben. Belinda stand vor zwei riesigen Zahnrädern und

ihr ruiniertes Sweatshirt war dazwischen eingeklemmt. Holly starrte sie an.

Belinda schüttelte den Kopf. „Frag nicht!", bat sie. „Hol mich einfach hier raus."

„Ist sie unverletzt?", rief Professor Rothwell von unten.

„Ja", rief Holly. „Mehr oder weniger."

Gemeinsam schafften es die Mädchen, Belindas Sweatshirt zwischen den Zahnrädern herauszuziehen. Es hatte stark gelitten.

„Du hattest Glück, dass es schon vorher gesessen hat wie ein Sack", bemerkte Holly und lächelte erleichtert. „Jetzt allerdings sieht es noch mehr nach einem Kartoffelsack aus als vorher."

„Spar dir die Witze." Belinda lächelte zaghaft. „Das war für meinen Geschmack verdammt knapp. Beinahe hätte dieses Ding Hackfleisch aus mir gemacht. Aber wie kommst du hierher?"

„Ich wollte dich gerade dasselbe fragen", sagte Holly. Sie erklärte Belinda kurz, wie sie Milton gesehen hatten und schließlich bei der Mühle gelandet waren.

„Aber wie bist du denn hierher gekommen?", wollte Holly wissen.

Belinda trat an den Rand der Plattform und klammerte sich dabei an Hollys Arm. „*Er* ist schuld!", rief sie aus und zeigte nach unten auf den Professor. „Er hat mich hergelockt und mich dann eingesperrt." Belinda sah sich zu ihrer Freundin um und senkte ihre Stimme. „Er ist wirklich nicht ganz dicht, Holly", flüsterte sie. „Er redet pausenlos von diesen alten Legenden. Er glaubt daran. Er glaubt wirklich daran."

Sie hörten rasch näher kommende Schritte, und Tracy stürzte in den Raum. Sie kam schlitternd zum Stehen. „Professor Rothwell", keuchte sie. „Entschuldigen Sie, Ihre Vordertür war offen, und ich dachte, meine Freundin hätte vielleicht ..." Sie sprach nicht weiter.
„Hier oben!", rief Holly.
Tracy schaute zu ihr hinauf. „Dieser Mallory!", rief sie. „Ich habe ihn gesehen. Er ist fort. Was macht ihr da oben?"
„Wir kommen runter", rief Belinda. Holly hielt sie fest, als sie mit zitternden Knien auf die Leiter stieg. „Ich hasse Höhen", zischte Belinda und tastete sich langsam und vorsichtig von Stufe zu Stufe abwärts.
Holly stieg hinter ihr hinunter.
Belinda funkelte den Professor wütend an. „Sie haben mich beinahe umgebracht, ich hoffe, das ist Ihnen klar!", fauchte sie ihn an.
„Es tut mir so Leid", murmelte der Professor, der eine Hand vor den Mund geschlagen hatte. Er schwankte, und die drei Mädchen stürzten auf ihn zu, um ihm zu helfen.
„Kommen Sie, Professor", sagte Holly. „Setzen Sie sich erst mal."
Widerspruchslos ließ sich der Professor in sein Wohnzimmer führen und brach dort in einem Sessel zusammen. Er sah erschöpft und zerbrechlich aus und schaute die Mädchen verunsichert an.
„Was habe ich getan?", jammerte er. „Oh, was habe ich bloß getan?"
„Das weiß ich nicht", sagte Holly. „Was haben Sie denn getan?"

Der Kopf des alten Mannes fiel zurück gegen die Sessellehne.
„Es war nicht Mallory, der Professor Fairfax niedergeschlagen hat", erklärte Belinda und deutete mit einer ruckartigen Bewegung ihres Kopfes auf den alten Mann. „Er war es."
„Und wie passt Mallory ins Bild?", fragte Tracy. „Er kam aus dem Haus geschossen, als hätte jemand seine Hosen angezündet."
„Er war gekommen, um sich die Statue von Professor Rothwell zu holen", berichtete Belinda. „Ich habe alles mit angehört." Sie erzählte ihren Freundinnen, was zwischen Mallory und dem alten Mann vorgefallen war.
In das Gesicht des alten Mannes kam wieder Leben. „Ihr müsst ihn aufhalten. Ihr dürft nicht zulassen, dass er die Statue bekommt." Er sah den Mädchen ins Gesicht. „Es ist schon gut. Ich bin ganz in Ordnung. Ich war nur ... verwirrt."
„Das haben Sie schon einmal behauptet", sagte Belinda scharf, „und mich dann in dieses Zimmer eingesperrt."
Der Professor schüttelte den Kopf. „Nein, jetzt verstehe ich alles. Ich spreche nicht von Geistern. John Mallory ist ein schlechter Mensch. Wir müssen verhindern, dass er die Statue an sich bringt. Wir müssen die Polizei anrufen. Ich werde versuchen, alles zu erklären."
„Tracy?", fragte Holly. „Hast du gesehen, wohin Mallory gegangen ist?"
„Das war merkwürdig", sagte Tracy. „Er ist nicht zu seinem Wagen gelaufen, sondern um die Mühle herum. Wenn ich nicht rechtzeitig in Deckung gegangen wäre, wäre er mir

direkt in die Arme gerannt. Er ist den Weg entlanggelaufen, auf dem wir gekommen sind. In den Wald."

„Zur Höhle!", stellte Belinda fest. „Er ist losgezogen, um die Statue zu suchen. Der Professor hat sie in einer Höhle versteckt." Sie drehte sich zu dem alten Mann. „Ist es die Höhle, bei der ich vom Pferd gefallen bin? Die im Wald?"

„Ja", sagte der Professor und streckte die Hand nach Belinda aus. „Bitte verzeih, dass ich dich in Gefahr gebracht habe. Ich war nicht bei Sinnen."

Belinda lächelte. Jegliche Verrücktheit war aus dem Gesicht des alten Mannes verschwunden. „Hauptsache, Sie sind jetzt in Ordnung."

„Das bin ich", bestätigte der Professor. „Und jetzt muss ich die Polizei anrufen. Dies alles muss endlich ein Ende haben. Die arme Professor Fairfax. Ich habe sie niedergeschlagen und die Statue an mich genommen. Wie konnte ich so etwas nur tun?"

„Rufen Sie die Polizei an", forderte Holly ihn auf. „Belinda? Glaubst du, dass du die Höhle wieder findest?"

Belinda nickte eifrig. „Kein Problem, und wenn wir uns beeilen, sind wir vielleicht sogar noch vor Mallory dort. Er weiß nicht genau, wo die Höhle ist, nicht wahr, Professor?"

Der Professor nickte und stemmte sich aus seinem Sessel hoch. „Geht, und tut, was ihr könnt. Aber geht nicht in die Nähe von Mallory. Er ist gefährlich."

Die Mädchen rannten aus der Mühle, am Fluss vorbei und in den Wald. Belinda lief voraus, und die drei lauschten angestrengt auf einen Laut von dem Mann, der ganz in der Nähe sein musste und nach dem Eingang zur Höhle suchte.

Sie kamen an der Stelle vorbei, von der aus Holly und Tracy den ersten Blick auf den Fluss geworfen hatten.
Vor ihnen bog der Fluss nach Norden ab, und auf den Hügeln wuchsen Bäume. Sie hasteten durch den Wald voran und verließen das Flussufer. Belinda brauchte nur einen kurzen Moment, um sich zu orientieren.
„Hier entlang", sagte sie, denn sie hatte das unebene Stück Land wieder erkannt, auf dem sie Professor Rothwell getroffen hatte.
Sie schlichen schweigend vorwärts, immer darauf gefasst, John Mallory plötzlich zu entdecken.
„Hier ist es." Belinda zeigte den Hügel hinauf auf den von Brombeerranken halb verdeckten Höhleneingang.
Die drei hasteten hügelaufwärts. Die Höhle war wohl sehr tief und schon im Eingang war es stockdunkel.
„Ohne Licht werden wir darin nie etwas finden", stellte Tracy fest. „Wir könnten unsere Fahrradlampen benutzen", schlug Holly vor. „Belinda, du bleibst hier. Versteck dich und halte nach Mallory Ausschau. Pass aber auf, dass er dich nicht entdeckt."
„Keine Sorge", beruhigte sie Belinda. „Er wird mich nicht finden."
Sie versteckte sich ein paar Meter neben dem Höhleneingang hinter einem dichten Dornbusch. Holly und Tracy pirschten zurück zu ihren Fahrrädern und horchten dabei angestrengt auf einen Laut von Mallory. Sie waren schon mit den Lampen auf dem Rückweg, als Tracy plötzlich Hollys Arm packte.
„Psst!", zischte sie. „Da!"

Etwa zwanzig Meter weit von ihnen entfernt stolperte eine dunkle Gestalt durchs Unterholz. Es war Mallory. Er ging in die falsche Richtung und sie konnten ihn fluchen hören.

Holly lachte leise. „Er hat sich verlaufen", flüsterte sie Tracy zu. „Los, komm, wir holen uns die Statue und sind schon wieder im Haus des Professors, noch bevor er überhaupt die Höhle gefunden hat."

Als sie sich der Höhle näherten, tauchte Belindas Kopf hinter einem Busch auf.

„Noch keine Spur von ihm", berichtete sie. „Ich denke, wir haben ihn geschlagen."

„Wir haben ihn gesehen", sagte Tracy. „Ich glaube, er läuft in die falsche Richtung."

„Lasst uns keine Zeit verschwenden", drängte Holly. „Er kann jede Minute hier auftauchen."

Der Eingang zur Höhle war nur etwa einen Meter hoch und das ihn umgebende Gestein rau und scharfkantig.

„Also los." Holly schaltete ihre Lampe an. „Hinein ins Vergnügen."

Die Lampe warf ein Muster aus Licht und Schatten auf die niedrige gewölbte Höhlendecke.

„Ich bleibe beim Eingang", verkündete Belinda. „Jemand muss schließlich aufpassen, für den Fall, dass Mallory kommt."

Sie sah zu, wie ihre beiden Freundinnen in dem Tunnel verschwanden, und ihre gebeugten Körper zeichneten sich schwarz gegen das Licht der Fahrradlampen ab.

„Siehst du was?", fragte Tracy, und ihre Stimme klang in der Höhle merkwürdig tonlos.

„Hier ist eine Öffnung", stellte Holly fest. Der Tunnel endete in nachtdunkler Schwärze, und die Lampen erhellten nur den ebenen, mit Steinen übersäten Sandboden.
Sie gelangten in eine Höhle, die kaum größer war als ein gewöhnliches Zimmer. Felsbrocken tauchten im Lichtkegel der Lampen auf und warfen schwarze Schatten gegen die Wände. Am hinteren Ende der Höhle war eine schwarze Spalte im Fels. Ein weiterer Tunnel, dachte Holly und ließ den Lichtstrahl ihrer Lampe über die unebenen Höhlenwände schweifen.
„Hier ist die Aktentasche von Anne Fairfax", rief Tracy und richtete den gelblichen Lichtkegel ihrer Lampe auf die Tasche.
Sie stürzten zu ihr hin. Holly öffnete sie. Sie enthielt Papiere, aber nicht die Statue.
„Wo kann sie bloß sein?", fragte Tracy.
Holly suchte mit ihrer Lampe den mit Felsbrocken übersäten Boden ab. Plötzlich stieß sie einen gedämpften Jubelruf aus. „Da!" Etwas hatte golden aufgeleuchtet. Die kleine Statue lag auf einem flachen Stein an der hinteren Höhlenwand. „Tracy! Wir haben sie!"
„Super!", rief Tracy. „Jetzt nichts wie weg hier."
Holly ergriff die Statue. Sie fühlte sich eiskalt an. Hinter sich hörten die beiden ein scharrendes Geräusch. Es war Belinda, die besorgt aussah.
„Er ist hier!", keuchte sie. „Es ist meine Schuld. Ich habe nur eine Sekunde lang den Kopf nach draußen gestreckt, da hat er mich gesehen. Er kommt auf uns zu. Was sollen wir tun?"

„Wir könnten uns auf ihn stürzen, wenn er diese Höhle betritt", schlug Tracy vor. „Er weiß ja nicht, dass wir zu dritt sind."

„Das würde ich lieber lassen", widersprach Belinda. „Er kann ziemlich gemein sein."

Holly richtete ihre Lampe auf den Spalt in der hinteren Höhlenwand. „Vielleicht führt er wohin, wo wir uns verstecken können."

„Das ist verrückt", sagte Tracy. „Er wird uns folgen."

„Denk daran, was Chris uns über diese Höhlen erzählt hat", erinnerte sie Belinda. „Sie sollen der reinste Irrgarten sein. Vielleicht finden wir ein gutes Versteck und können uns dann zurückschleichen, wenn er an uns vorbei ist."

„Ich weiß nicht", zögerte Tracy. „Das klingt ziemlich gefährlich."

„Nicht gefährlicher, als hier herumzustehen und auf ihn zu warten", sagte Holly. In der Stille, die auf diese Bemerkung folgte, konnten die drei deutlich hören, wie jemand den vorderen Tunnel betrat.

„Nichts wie weg!", rief Tracy.

Die drei Mädchen stürzten auf den dunklen Spalt in der Höhlenwand zu. Sie schlüpften nacheinander hindurch; Holly als Erste und Belinda zuletzt. Der Tunnel hatte kein Dach – es handelte sich bei ihm nur um einen Spalt zwischen zwei Felsschichten, der nach oben immer schmaler wurde.

Holly führte sie um unzählige Ecken und der Tunnel wurde auf seinem Weg tief in den Berg allmählich breiter. Schließlich landeten sie in einer weiteren Höhle, von der mehrere Tunnel abgingen wie Speichen von einem Rad.

„Und jetzt?", fragte Belinda.

„Jetzt verstecken wir uns", sagte Holly und richtete ihre Lampe auf einen niedrigen Tunneleingang.

Die Mädchen mussten auf allen vieren durch diese Öffnung kriechen und robbten vom Eingang fort, so weit es ging.

„Schaltet schnell die Lampen aus", forderte Holly. „Sie verraten uns."

In der absoluten Dunkelheit, die sie daraufhin umgab, klang ihr Atmen unheimlich laut. Die drei lauschten angestrengt nach einem Geräusch von ihrem Verfolger.

Belinda hockte am dichtesten am Tunneleingang, und sie war es, die das flackernde Licht zuerst entdeckte. Die Mädchen hielten den Atem an.

Durch den niedrigen Tunneleingang konnten sie nun alle das flackernde Licht in der angrenzenden Höhle sehen. Es war keine Taschenlampe, sondern eine kleine Flamme. Sie hörten knirschende Schritte auf dem Höhlenboden. Das war eine idiotische Idee, dachte Holly. Er wird uns finden.

Das Licht wurde heller. Belinda blinzelte, als die kleine weiße Flamme vor ihren Augen tanzte. Hinter der Flamme sah sie John Mallory, der in die Hocke gegangen war und ihr direkt in die Augen schaute. Er hielt ein Feuerzeug in der ausgestreckten Hand.

„Erwischt!", rief er triumphierend. Er zog den Kopf ein, kroch in den Tunnel und packte Belindas Sweatshirt.

Sie versuchte, sich loszureißen. Tracy und Holly packten ihre Arme und zogen sie von ihm weg. Es ertönte ein Reißgeräusch, Mallory musste loslassen, und die beiden Mädchen zogen Belinda mit sich in den Tunnel.

„Ihr dummen Gören!", zischte Mallory. „Ihr könnt nicht entkommen."
„Nicht?", rief Tracy, in der Hoffnung, mutiger zu klingen, als sie sich fühlte. „Das werden wir ja sehen!"
„Gebt mir die Statue." Mallory kroch in den Tunnel, und das Feuerzeug beleuchtete die grauen Wände.
Belinda trat mit aller Kraft nach hinten und schaffte es, seine Hand zu treffen. Schwärzeste Dunkelheit umgab sie, als ihm das Feuerzeug aus der Hand fiel.
Holly packte Tracys Hand und kroch in fieberhafter Eile vorwärts, immer noch in der Hoffnung, einen Ausweg zu finden. Plötzlich spürte sie nichts mehr unter ihrer blindlings tastenden Hand, und sie fühlte, wie der Boden unter ihr nachgab. Holly schlug das Herz bis zum Hals. Ihr Magen krampfte sich zusammen, als sie um ihr Gleichgewicht kämpfte, doch sie spürte bereits, dass sie abrutschte.
Tracy hörte, wie Holly nach Luft schnappte. Sie merkte sofort, dass etwas nicht stimmte, und streckte die Hand aus. Sie bekam Holly tatsächlich zu fassen, geriet dabei aber selbst zu nah an den Abgrund.
Als sie sich an Holly klammerte, spürte sie, wie der Boden unter ihren Knien wegrutschte. Einen schrecklichen Augenblick lang verharrten die beiden Mädchen auf der wegbrechenden Kante und stürzten dann in die Dunkelheit hinab.
Holly und Tracy stießen verzweifelte Schreie aus, als sie Hals über Kopf einen endlosen schwarzen Abhang hinunterfielen und Sand und Steine mit sich rissen.

Kapitel 11

Verirrt in den Höhlen

Belinda rollte sich in der Dunkelheit zusammen und bemühte sich, möglichst lautlos zu atmen und ihre Panik unter Kontrolle zu bekommen. Von Holly und Tracy war kein Laut zu hören.
Belinda versuchte zu verstehen, was passiert war. Die beiden waren direkt vor ihr gewesen. Sie war auf ihrer hektischen Flucht vor Mallory gerade eben noch gegen Tracy geprallt. Dann hatte sie dieses schreckliche Geräusch vernommen, das sich anhörte wie ein Erdrutsch – ein Getöse von fallenden Steinen und die Schreie ihrer beiden Freundinnen, die immer leiser wurden und schließlich ganz verstummten. Belinda wurde klar, dass sie allein war. Holly und Tracy waren fort.
Schwere, keuchende Atemzüge durchdrangen die Dunkelheit. Belinda hörte das leise Patschen tastender Hände. John Mallory suchte nach seinem Feuerzeug. Sie wusste nicht, was sie tun sollte. Schon gar nicht wagte sie sich zu be-

wegen, denn sie hatte Angst, in dieselbe Spalte zu stürzen wie ihre Freundinnen. Sie fühlte sich wie in einem schrecklichen Albtraum. Einem stockdunklen Albtraum, aus dem es kein Erwachen gab.

Hinter ihr drohte die Dunkelheit sie zu verschlucken, wie sie es schon mit Holly und Tracy getan hatte, und vor ihr kroch Mallory auf sie zu. Wenn sie blieb, wo sie war, würde Mallory sie finden, denn es konnte nur noch Sekunden dauern, bis er sein Feuerzeug wiederhatte.

Belinda war wie gelähmt vor Angst. Sie versuchte, sich zum Nachdenken zu zwingen, doch ihr eigener Herzschlag dröhnte so laut in ihren Ohren, dass sie sich auf nichts anderes konzentrieren konnte. Ihre zitternden Finger schlossen sich um den Glücksstein, den sie noch immer um den Hals trug.

Der Glücksstein, der sie eigentlich beschützen sollte – vor Dingen wie diesen!

Belinda wurde bewusst, dass ihr etwas Hartes in die Seite drückte. Ein Stein, dachte sie. Etwas, das sie als Waffe gegen Mallory verwenden konnte. Etwas, das sie nach ihm werfen konnte, um sich ein paar Sekunden zum Nachdenken zu verschaffen.

Sie drehte sich etwas zur Seite und griff danach. Es war kein Stein. Es war etwas Glattes mit abgerundeten Kanten, eine der Fahrradlampen. Sie schloss ihre Hand darum, und das Gefühl, in dieser schrecklichen Dunkelheit einen ganz gewöhnlichen Alltagsgegenstand in der Hand zu halten, tröstete sie ein wenig.

Doch es war nicht nur dieses Gefühl, das ihr wieder Hoff-

nung gab. Eine Lampe bedeutete auch Licht, und Licht war etwas, das sie sich im Augenblick mehr wünschte als alles andere. Dabei verschwendete sie keinen Gedanken an John Mallory; sie wollte nur wissen, was mit ihren Freundinnen passiert war. In dieser eiskalten, stockdunklen Höhle war es nur allzu leicht, sich das Schlimmste vorzustellen.
Belinda fasste sich ein Herz, richtete die Lampe in den Tunnel und schaltete sie ein. Mallory schrie auf und warf einen Arm vor das Gesicht, denn das plötzliche Licht hatte ihn geblendet. Belinda warf einen schnellen Blick über ihre Schulter. Nun verstand sie auch, was passiert war. Sie war fast am Ende des Tunnels, und hinter ihr befand sich eine weitere, viel größere Höhle. An einer Seite fiel der unebene, steinige Höhlenboden schräg ab.
Holly und Tracy mussten diese Schräge hinuntergestürzt sein. Belinda schlug das Herz bis zum Hals. Vielleicht waren die beiden verletzt – oder sogar noch Schlimmeres. Sie kroch zu der Abbruchkante und hielt die Lampe über den Schacht. Etwa vier Meter unter ihr befand sich ein Vorsprung, der das Licht abfing.
„Holly?", brüllte sie. „Tracy?"
Ein paar Zentimeter unterhalb der Abbruchkante leuchtete etwas auf. Die goldene Statue klemmte in einer Felsspalte. Belinda beugte sich vor und zog sie heraus.
„Holly!", rief sie erneut.
Belinda dachte, sie hätte eine weit entfernt klingende Antwort aus der Tiefe gehört, doch es konnte auch ein Echo ihrer eigenen Rufe gewesen sein. Ein Geräusch in der Nähe ließ sie herumfahren. John Mallory packte sie im Genick.

„Gib mir die Lampe", befahl er grob.

„Meine Freundinnen", stieß Belinda hervor und wand sich unter seinem harten Griff. „Sie sind abgestürzt. Vielleicht sind sie verletzt."

„Ha!", frohlockte Mallory, denn er hatte die Statue in Belindas Hand entdeckt.

„Helfen Sie mir!", flehte Belinda verzweifelt. „Wir müssen etwas tun."

„Gib mir die Statue", knurrte Mallory.

„Nein!" Belinda hielt ihren Arm über den Abhang. „Lassen Sie mich los, oder ich lasse die Statue fallen, das verspreche ich Ihnen!"

Mallory ließ ihren Nacken los, und in seinen Augen spiegelte sich eine Mischung aus Verunsicherung und Gier.

Belinda kroch auf allen vieren vor ihm davon und hielt dabei unverwandt das Licht auf ihn gerichtet.

„Du machst einen Fehler", schnaubte Mallory, der die Hände gehoben hatte, um seine Augen zu schützen. „Um nach draußen zu kommen, musst du an mir vorbei. Und glaub mir, gegen mich kommst du nicht an! Gib mir die Statue, und ich lasse dich gehen." Sein Mund verzog sich zu einem berechnenden Grinsen. „Oder willst du, dass deine Freundinnen dort unten sterben?"

Belinda starrte ihn an und versuchte, seine Gedanken zu erraten. In einer Hinsicht hatte er vollkommen Recht: Um zum Ausgang zurückzukommen, musste sie an ihm vorbei.

„Wenn ... wenn ich sie Ihnen gebe ...", stammelte sie. „Werden Sie mir dann helfen?"

„Natürlich", versprach Mallory und streckte die Hand aus.

Belinda traute ihm nicht, doch sie sah keine andere Möglichkeit. Sie warf einen Blick den Abhang hinunter. Zögernd hielt sie ihm die Statue hin.

⁓⊙

Holly hatte das Gefühl, als würde die Rutschpartie nie ein Ende nehmen. Das Einzige, was sie hören konnte, war das Geräusch fallender Steine. Sie fürchtete die ganze Zeit, der Abhang könnte plötzlich enden und sie in einen bodenlosen Abgrund stürzen lassen. Doch plötzlich schlug sie hart auf, und der Aufprall trieb ihr die Luft aus der Lunge. Sie blieb benommen und atemlos liegen, und ein Schauer von Steinen prasselte auf sie herab.
Sie schlug die Augen auf, doch es umgab sie völlige Dunkelheit. Auf ihren Beinen lag etwas Schweres. Sicher waren es Steine. Sie hob ihre schmerzenden Arme und tastete danach. Sie fühlte Stoff unter ihren Fingern. Es waren keine Steine; es war Tracy, die auf ihr lag. Sie hörte Tracy husten.
„Tracy?", keuchte Holly durch den dichten Staub.
„Ja?", erwiderte Tracy schwach.
„Bist du in Ordnung?"
„Ich glaube schon." Holly fühlte, wie sich Tracys Gewicht von ihren Beinen hob. „Autsch", jammerte Tracy. „Mir tut alles weh. Was ist passiert?"
„Der Boden hat unter mir nachgegeben", erklärte Holly. „Was glaubst du, wie tief wir gefallen sind?"
„Keine Ahnung", stöhnte Tracy. Holly hörte Steine herunterprasseln, als Tracy sich auf die Knie kämpfte. „Hast du deine Lampe noch?"

„Nein. Ich habe sie verloren", gestand Holly und setzte sich auf. „Was ist mit Belinda?"

„Sie war hinter mir", sagte Tracy. „Ich glaube, sie ist noch oben." Ihre Stimme klang verzweifelt. „Holly, was sollen wir bloß tun?"

„Taste den Boden ab", befahl Holly. „Versuch, die Lampe zu finden. Sie muss hier irgendwo sein, denn ich hatte sie in der Hand, als ich fiel."

Die beiden Mädchen tasteten in der Dunkelheit herum. Dabei wurde Holly auch klar, warum sie beide unverletzt geblieben waren. Der Boden unter ihnen bestand aus feinem Sand, der sich am Fuß des Abhangs angesammelt hatte. Er war hart und trocken, aber er hatte sie gerettet.

„Ich habe sie!", rief Tracy wenige Augenblicke später. Sie hob die Lampe auf, doch sie fühlte sich ungewöhnlich leicht an. „Oh nein", stöhnte sie. „Sie ist auseinander gefallen." Das Einzige, was sie in der Hand hielt, war die Außenhülle aus Plastik.

„Such weiter", befahl Holly und kroch in die Richtung, aus der die Stimme ihrer Freundin gekommen war.

Schließlich fanden die beiden auch die Batterien und den Rest der Lampe. Sie war nur in drei Teile zerfallen, doch es dauerte recht lange, sie wieder zusammenzusetzen.

„Das kann doch nicht so schwer sein!", schimpfte Tracy, nachdem sie zum wiederholten Male versucht hatte, die Birne in ihre Fassung zu schrauben. „Man sollte meinen, wir versuchen, hier unten ein Atomkraftwerk aufzubauen."

„Wie werden die Batterien eingesetzt? Pluspol nach oben?", fragte Holly.

„Ich weiß es nicht mehr", antwortete Tracy. „Stopf sie einfach hinein – wir werden ja sehen, was passiert."
Ein schwacher Ruf drang an ihre Ohren.
„Psst!", flüsterte Holly. „Hast du das gehört?"
„Belinda!", wisperte Tracy.
Holly holte tief Luft. „Wir sind in Ordnung!", brüllte sie.
Sie lauschten auf eine Antwort.
„He!" Holly hielt schnell einen Arm vor ihr Gesicht, als ihr das grelle Licht in die Augen fiel.
„Sie funktioniert", jubelte Tracy. „Oh, entschuldige." Sie drehte den Lichtstrahl von Holly weg. „Wir haben es geschafft!"
Die Mädchen lächelten sich an.
„Puh!", entfuhr es Tracy. „Sieh dir nur an, wie du aussiehst!"
„Und du erst", konterte Holly. Ihre Haare waren voller Sand und Staub und die Gesichter schmutzverschmiert. Tracy klopfte ihre Kleidung ab und wirbelte Staubwolken auf.
Holly sah sich forschend um. Sie befanden sich in einer riesigen Höhle mit einer niedrigen Decke. Leichte Sanddünen erstreckten sich bis zu den in weiter Ferne liegenden Höhlenwänden. Der Schacht, durch den sie gefallen waren, sah aus wie ein dunkler Spalt, ähnlich einem riesigen Briefschlitz.
Tracy stand auf, und das Höhlendach berührte gerade ihr Haar. Sie richtete die Lampe auf den Schacht.
„Da kommen wir nie hinauf", jammerte sie und betrachtete die steilen Wände. „Jedenfalls nicht ohne Seile und solches

Zeug." Sie sah sich zu Holly um. „Sie werden doch sicher Hilfe holen, nicht wahr?", fragte sie. „Dieser Kerl ist bestimmt nicht so mies, uns hier zu lassen. Belinda wird ihn schon dazu bringen, uns zu helfen, meinst du nicht?"
Holly starrte ebenfalls in den Schacht. Ein Felsvorsprung versperrte ihr den Blick bis ganz nach oben.
„Lass uns rufen", sagte Holly. „Beide zugleich. Wir müssen sie wissen lassen, dass uns nichts passiert ist."
Die beiden stellten sich nebeneinander unter die Schachtöffnung.
„Fertig?", fragte Holly.
Tracy nickte. „Fertig."
Sie atmeten tief ein und stießen einen Schrei aus, der durch die Dunkelheit hallte.

Belinda wollte Mallory die goldene Statue gerade überreichen, als sie die Stimmen aus dem Schacht hallen hörte. Sie klangen verzerrt, sodass sie nicht verstehen konnte, was die beiden gerufen hatten, doch zumindest wusste sie nun, dass sie noch am Leben waren. Und dieses Wissen verschaffte ihr eine Atempause. Sie zog die Hand mit der Statue ruckartig zurück.
„Sie kriegen sie nicht", sagte sie und leuchtete ihm direkt in die Augen. „Sie werden mich hier herauslassen."
Mallorys Lippen verzogen sich zu einem bösartigen Grinsen. Belinda konnte ihm ansehen, dass er bereit war, sich auf sie zu stürzen.
„Ich warne Sie", drohte sie. „Wenn Sie mich anfassen, sind

Sie in noch größeren Schwierigkeiten, als Sie es jetzt schon sind." Sie war nur froh, dass man ihr die Angst nicht anhörte. „Professor Rothwell hat bereits die Polizei verständigt", fuhr sie fort. „Sie muss jeden Augenblick hier sein. Selbst wenn Sie es schaffen, mir die Statue wegzunehmen, werden Sie damit nicht weit kommen."
Belinda stand auf und hielt das Licht weiterhin auf sein Gesicht gerichtet. Obwohl sie eigentlich damit gerechnet hatte, traf sie Mallorys Angriff doch unvorbereitet, und sein Gesichtsausdruck sagte ihr, dass er mehr vorhatte, als ihr nur die Statue wegzunehmen. Er sah aus, als wollte er ihr eine Portion von dem verpassen, was er eigentlich für den alten Professor vorgesehen hatte.
Mit einem Schrei wirbelte Belinda herum und floh, fort von dem Abhang, den ihre Freundinnen hinuntergestürzt waren. Das Licht der Lampe zuckte über die Höhlenwand, als sie über den unebenen, gefährlichen Boden hastete.
Sie hörte ihn wütend aufbrüllen und dann ertönte ein anderes Geräusch. Ein dumpfer Aufprall. Sie riskierte einen schnellen Blick über die Schulter. Er war über einen Felsbrocken gestürzt, der aus dem Boden herausragte. Noch während sie sich umsah, rappelte er sich schon wieder auf, doch sie hatte dadurch ein paar wertvolle Sekunden gewonnen. Außerdem hatte Mallory sich anscheinend verletzt, denn es bereitete ihm Mühe, wieder auf die Beine zu kommen. Das reichte jedoch nicht, um ihn aufzuhalten. Er humpelte hinter ihr her, das Gesicht vor Wut und Schmerz verzerrt.
Belinda richtete die Lampe auf den Höhlenboden, hastete

vorwärts, sprang über Hindernisse und suchte fieberhaft nach einem Spalt in der Wand, durch den sie verschwinden konnte. Chris hatte gesagt, die Höhlen wären wie ein Irrgarten. Vielleicht gelang es ihr, Mallory abzuschütteln, ohne sich selbst zu verirren.
Sie kletterte über einen glatten Felsbrocken und schlitterte hinab in einen schmalen Tunnel. Vor ihr lagen mehrere hohe Absätze aus Stein, die aussahen wie riesige Treppenstufen. Sie sprang von einer Stufe hinunter auf die nächste und wagte nicht, sich umzusehen, denn sie wusste, dass Mallory ihr dicht auf den Fersen sein musste.
Plötzlich stand sie vor einer glatten Felswand. Sie saß in der Falle. Nein, doch nicht! Links von ihr war eine Felsspalte. Vielleicht ein Fluchtweg. Sie zwängte sich hindurch und landete in einer enorm großen Höhle. Sie war größer als alle, die sie bisher gesehen hatte; wie eine Kathedrale aus Stein. Das Schlimmste aber war, dass der Boden genau vor ihren Füßen endete. Sie stand auf einem Felsvorsprung, der ins Nichts führte. Sie schwang die Lampe herum und suchte verzweifelt nach einem Ausweg. Hinter ihr erhoben sich senkrechte Steinwände in die Höhe, die nur von der Spalte durchbrochen waren, durch die sie gekommen war. Die Jagd war vorbei. Ihr blieb nichts anderes mehr übrig, als auf John Mallory zu warten.
Er zwängte sich schnaufend durch den Spalt und sein Gesicht war immer noch schmerzverzerrt. Er hinkte stark und aus seinen Augen funkelte die Mordlust. Als er sah, dass es für Belinda keinen Ausweg mehr gab, lachte er hämisch. Sie wich zurück bis an die Kante des Felsvorsprungs. Mallory

packte ihren Arm und begann, ihre Finger von der Statue zu lösen.
„So", zischte er und riss ihr die Statue aus der Hand. „Und was machen wir jetzt mit dir?"
Belinda duckte sich zur Seite. Sie war der Verzweiflung nahe. Sie durfte nicht kampflos aufgeben – sie musste sich wehren. Sie fühlte den Glücksstein schwer an seiner Schnur hängen. Er war genau die richtige Waffe. Sie riss sich den Stein vom Hals, trat einen Schritt zurück und schwang den Stein an seiner Lederschnur im Kreis.
„Bleiben Sie von mir weg!", kreischte sie.
Mallory stürzte sich auf sie. Sie wirbelte den Stein mit aller Kraft. Er knallte gegen die Seite seines Kopfes, und Mallory stieß einen Schmerzensschrei aus. Er fiel auf ein Knie und ließ die Statue fallen. Sie lag gefährlich nahe an der Kante, und Belinda sprang vor, um sie sich zu greifen.
Sie spürte, wie das Gestein unter ihren Füßen wegbrach. Einen Augenblick lang stand sie auf der Kante und ruderte mit den Armen, um das Gleichgewicht zu halten, doch dann gab das Gestein unter ihr nach, und sie fiel. Glücklicherweise fiel sie nicht tief, nur etwa drei Meter, und sie landete weich – allerdings in eiskaltem Wasser.
Belinda sprang sofort wieder auf die Füße und stand knöcheltief in kaltem Schlamm. Die Fahrradlampe gewährte ihr einen kurzen Blick auf vorbeiströmendes schwarzes Wasser. Dann fiel sie ihr aus der Hand und ging sofort aus. Belinda versuchte, aus dem klebrigen kalten Schlamm herauszukommen, und tastete suchend nach festem Boden.
Der Schlamm zog an ihren Schuhen, doch ihre Hände trafen

auf massiven Stein. Schnell zog sie sich auf den Felsen und schnappte nach Luft. Sie lauschte nach einem Laut von Mallory, doch sie hörte nichts außer ihrem eigenen Herzschlag und dem Rauschen des unterirdischen Flusses.
Die Erleichterung, John Mallory entwischt zu sein, wich der bedrückenden Gewissheit um ihre momentane Lage. Außerdem war die Statue immer noch dort oben. Mallory hatte sie. Ihre Flucht hatte nichts gebracht, außer dass sie nun in noch größerer Gefahr schwebte als zuvor. Sie stöhnte. Jetzt musste sie einen Weg an die Oberfläche finden. Ein Kinderspiel! Denk nach!, befahl sie sich. Keine Panik. Denk nach! Plötzlich ging ihr ein Licht auf. Der Fluss. Das hier musste der unterirdische Fluss sein, von dem Chris ihnen erzählt hatte. Der Fluss, der an der Blutigen Quelle hervorkam. Er floss links von ihr. Wenn sie es trotz dieser undurchdringlichen Dunkelheit schaffte, sich flussabwärts vorzutasten, würde es ihr vielleicht gelingen, an der Quelle ins Freie zu gelangen. Chris hatte gesagt, es gäbe einen Schacht ganz in der Nähe der Quelle. Einen Ausgang aus den Höhlen.
Sie nahm ihren ganzen Mut zusammen und machte sich auf die verzweifelte Suche nach dem Tageslicht. Und wenn ich hier herauskomme, dachte sich Belinda, habe ich ein Wörtchen mit Holly zu reden, über die Schwierigkeiten, in die sie mich immer wieder bringt!

„Glaubst du, dass sie uns gehört haben?", fragte Tracy. Sie hatten keine Antwort bekommen. „Da oben wird doch wohl nichts passiert sein, oder?"

„Wir müssen schnell nach oben kommen", sagte Holly. „Belinda hätte uns geantwortet, wenn sie uns gehört hätte. Ich habe dieses schreckliche Gefühl, dass Mallory ihr etwas angetan hat. Ich habe die Statue verloren. Sie muss immer noch da oben sein." Sie blickte in Tracys ängstliches Gesicht. „Beleuchte die Wände", bat sie. „Vielleicht finden wir einen Weg nach draußen."
Doch die Wände der Höhle waren aus massivem Stein.
„Wir dürfen nicht aufgeben", entschied Holly. „Immerhin haben wir Licht. Wir müssen doch irgendwas tun können."
„Lass es uns hier versuchen." Tracy ging an der Wand entlang. „Wir werden einen Weg nach draußen finden." Sie sah Holly an. „Wir kommen hier raus, oder?"
Holly sagte ihr lieber nicht, woran sie dachte. Ihr waren die Worte von Chris wieder eingefallen: Wer sich in diesen Höhlen verirrt, findet nie wieder heraus. Chris hatte die Höhlen mit einem Irrgarten verglichen, doch da gab es einen kleinen Unterschied. Aus einem Irrgarten kam man irgendwann immer wieder heraus, doch diese Höhlen konnten sich über viele Kilometer erstrecken, und es gab keine Gewissheit, dass sie je einen Weg zurück an die Oberfläche fanden. Und es war zudem recht unwahrscheinlich, dass man sie hier jemals finden würde.
Es war jedoch nicht Hollys Art zu verzweifeln. Sie würden nach draußen finden. Darauf konzentrierte sie sich, als sie Tracy folgte. Irgendwie würden sie es schaffen.
„Kannst du etwas hören?", fragte Tracy. Sie hatten etwa fünfzig Meter in dem weichen Sand zurückgelegt und sich dabei immer dicht an der Wand gehalten.

Sie lauschten. Es war tatsächlich etwas zu hören. Ein entferntes, unheimliches Rauschen durchdrang die Stille.
„Das ist Wasser!", stellte Holly fest.
„Wasser!", stieß Tracy hervor. „Das ist alles, was wir brauchen. Ein kurzes Bad, um uns wieder munter zu machen. Nur schade, dass ich meinen Badeanzug nicht dabeihabe!"
„Zumindest kriegen wir jetzt etwas zu trinken", sagte Holly. „Ich bin schon völlig vertrocknet und meine Kehle ist voller Staub."
Sie kletterten über eine hohe Sanddüne, die fast die Decke berührte. Auf der anderen Seite fiel ihnen auf, dass der Sand rotem Schlamm gewichen war. Und durch die Schlammbänke floss ein Strom schwarzen Wassers.
Doch Holly und Tracy entdeckten noch viel mehr. Im ovalen Lichtkegel ihrer Lampe tauchte plötzlich etwas auf. Etwas so Unerwartetes, dass die Mädchen ihren Augen nicht trauen wollten.

Kapitel 12

Die Blutige Quelle

„Belinda!"
Hollys Jubelschrei hallte durch die riesige Höhle, und sie und Tracy schlitterten die Sandbank hinunter auf ihre Freundin zu.
„Ihr habt euch ganz schön viel Zeit gelassen, mich zu finden!", rief Belinda. „Vorsicht. Geht nicht zu nah ans Wasser. Der Schlamm klebt wie Kleister!"
Holly und Tracy merkten schnell, wie Recht sie damit hatte, denn der Schlamm drang ihnen bereits in die Schuhe. Belinda stand knöcheltief darin und war von Kopf bis Fuß damit bedeckt. Sie kniff die Augen zu, um sich vor dem Licht zu schützen, streckte den Arm aus und ließ sich von den beiden aufs Trockene ziehen.
„Holly!", sagte sie schwach. „Denkst du noch daran, wie wir den Mystery Club gegründet haben?"
„Ja", antwortete Holly, die neben ihr saß und versuchte, ihr den Schlamm von der Jeans zu kratzen.

„Dann weißt du sicher noch, wie ich gefragt habe, ob in diesem Club auch körperliche Aktivitäten gefordert wären, und wie du gesagt hast, dass wir nichts anderes tun würden, als herumzuliegen und Krimis zu lesen?"
Holly lächelte verlegen. „Ja, daran erinnere ich mich."
„Du hast nie etwas davon gesagt, dass mich eine alte Mühle fast auffressen würde", sagte Belinda und sah sie durch ihre schlammbespritzten Brillengläser an. „Du hast nie erwähnt, dass mich ein blutrünstiger Wahnsinniger durch stockdunkle Höhlen jagen würde. Und du hast mir auf keinen Fall gesagt, dass ich hier halb erfroren und mit Matsch bedeckt sterben würde."
„Das ist nicht meine Schuld", wehrte sich Holly. „Ich plane diese Dinge schließlich nicht."
„Und wessen Schuld ist es dann?", fragte Belinda. „Bevor ich dich kannte, ist mir nie so etwas passiert."
„Keine von uns wäre hier, wenn du nicht beschlossen hättest, in der Mühle herumzuschnüffeln", mischte sich Tracy ein.
„Herumzuschnüffeln?", rief Belinda empört. „Ich wollte dort nur telefonieren. Woher sollte ich wissen, dass er mich einsperren würde?"
„Das war deine eigene Dummheit. Ich wäre dem Professor nicht so einfach in die Falle gegangen." Tracy grinste. „Aber ein Gutes hat diese ganze Sache zumindest."
„Tatsächlich?", fragte Belinda. „Was denn zum Beispiel?"
Tracy zeigte auf Belindas zerrissenes, schlammbedecktes Sweatshirt. „Du wirst endlich diesen alten Fetzen wegwerfen müssen!"

Ein breites Grinsen überzog Belindas Gesicht. „Weißt du es denn nicht?", fragte sie. „Ich habe zu Hause ein ganzes Schrankfach voll von diesen Dingern!"
Tracy schüttelte den Kopf. „Du bist unmöglich!"
„Ich unterbreche euch ja nur ungern. Aber sollten wir nicht lieber überlegen, wie wir hier herauskommen?" Holly sah Belinda fragend an. „Was ist dort oben passiert? Wir haben dein Rufen gehört, doch dann herrschte Stille. Wo ist Mallory geblieben?"
Belinda erzählte, was ihr passiert war, bis hin zu ihrem Sturz ins Wasser und dem Verlust der Lampe.
„Ihr hättet sein Gesicht sehen sollen", berichtete sie. „Ich hatte wirklich das Gefühl, er würde mich umbringen, nur um an die Statue zu kommen."
„Die Statue!", rief Holly. „Wo ist sie?"
„Ich weiß es nicht", gab Belinda zu. „Er hatte sie schon, hat sie aber fallen lassen, als ich ihm mit meinem Glücksstein eines übergezogen habe." Sie schüttelte den Kopf. „Ehrlich gesagt ist es mir ziemlich egal, was aus der Statue oder aus Mallory wird. Ich will einfach nur hier raus."
„Können wir denn nicht dorthin zurückgehen, woher du kamst?", fragte Holly.
„Ich glaube nicht", sagte Belinda. „Vergiss nicht, dass ich abgestürzt bin. Und dort hinten ist nur weicher Schlamm."
Sie streckte die Hände aus und ihre Freundinnen halfen ihr auf die Füße. „Chris hat uns doch gezeigt, wo er aus dem Berg kommt. Bei der Blutigen Quelle. Er sagte, dort gäbe es einen Schacht, und ich habe gehofft, ihn zu finden, wenn ich nur in der Nähe des Flusses bleibe."

„Hoffentlich ist es derselbe Fluss", sagte Tracy und richtete den Lichtstrahl auf das dunkle Wasser. Der Fluss hatte eine tief rostbraune Farbe.

„Er ist es", rief Belinda. „Er muss es sein. Seht doch, wie rot das Wasser ist. Chris hat gesagt, dass der Fluss nach starkem Regen rot wird, weil er roten Schlamm mitnimmt. Ich habe versucht, die Entfernung zu schätzen. Die Höhle, durch die wir hineingekommen sind, kann nicht mehr als einen Kilometer von der Blutigen Quelle entfernt liegen. Also müssen wir jetzt irgendwo zwischen dieser ersten Höhle und der Quelle sein, meint ihr nicht auch?"

„Es gibt nur eine Möglichkeit, das herauszufinden", sagte Holly. „Tracy, bilde ich mir das nur ein, oder wird das Licht tatsächlich schwächer?"

Anfangs war der Lichtkegel der Lampe weiß gewesen, doch jetzt war er zu einem wesentlich blasseren Gelb geworden.

„Ich wollte nichts sagen", bemerkte Tracy. „Es ist deine Lampe, Holly. Wie lange benutzt du diese Batterien schon?"

„Das weiß ich nicht mehr", gestand Holly. „Eine Ewigkeit."

„Dann sollten wir uns beeilen", sagte Belinda. „Der erste Versuch, mich hier drinnen im Dunkeln vorzutasten, hat mir gereicht. Ich bin nicht scharf auf eine Wiederholung."

Sie hatten keine andere Wahl, als Belindas Plan zu folgen. Sie gingen hintereinander her und Tracy beleuchtete den schmalen Weg. Holly versuchte, guten Mutes zu bleiben, doch sie musste immer wieder daran denken, wie leicht man in dieser Dunkelheit sein Gefühl für Entfernungen verlor oder vom Weg abkam.

Felsen und Gesteinsbrocken erhoben sich aus dem Sand,

und wenige Meter weiter mussten sie über glatten Fels klettern, der im Schein der Lampe glänzte. Das Flussbett verengte sich zwischen den Felsen und von vorn war ein neues Geräusch zu hören. Das Rauschen von herabstürzendem Wasser.

Vor ihnen türmte sich ein großer, zerklüfteter Fels auf, durch den das Wasser sich einen Gang gekämpft hatte.

Belinda sank auf die Knie. „Wartet mal, ich kann nicht mehr klettern. Ich bin völlig fertig. Wir werden es nie schaffen."

„Ich gebe nicht auf." Tracy sah Holly an. „Hilf mir hoch. Ich sehe nach, was hinter diesem Felsen ist."

„Mehr Felsen", sagte Belinda. „Und dann sicher noch mehr Felsen."

Der Fels war nur etwa brusthoch. Holly half Tracy hoch. Als Tracy vorwärts robbte, wurde es bei Holly und Belinda dunkel, denn sie hatte die Lampe mitgenommen. In der Dunkelheit nahm Holly Belindas Hand.

„Wir dürfen jetzt nicht aufgeben", drängte sie. „Wir sind fast da."

„Meinst du?", fragte Belinda niedergeschlagen.

„Natürlich, du wirst schon sehen." Holly drückte Belindas Hand. „Und außerdem lasse ich nicht zu, dass du aufgibst", fügte sie hinzu. „Wer soll sich denn um Milton kümmern, wenn du beschließt, für immer in dieser Höhle zu bleiben?"

Kurz darauf kam das Licht wieder und Tracy sah von dem Felsen auf sie herab.

„Da hinten ist ein Wasserfall", rief sie. „Ein ganz kleiner. Und dahinter eine Art See. Man kommt ganz leicht dorthin."

Es kostete die beiden ihre ganze Überredungskunst, Belinda auf den Felsen zu bekommen und sie davon zu überzeugen, dass sie unter der niedrigen Höhlendecke entlangkriechen musste.

Das Geräusch des herabstürzenden Wassers umfing sie, als sie sich vorsichtig in eine weitere Höhle hinabgleiten ließen. Über den Großteil des Höhlenbodens schoss schaumiges Wasser, doch die Lampe ermöglichte es ihnen, sich einen trockenen Weg zu suchen. Die Größe der Höhle machte ihnen jedoch auch deutlich, wie schwach ihre Lampe mittlerweile geworden war.

Die drei hielten einander an den Händen und suchten sich ihren Weg um den See; sie waren alle zu müde, um sich zu unterhalten, während sie sich gegenseitig über die Felsbrocken hinweghalfen.

„Oh nein!", jammerte Tracy verzweifelt, als das gelbliche Licht zu flackern begann. „Bitte geh jetzt nicht aus!"

„Jetzt ist alles aus", sagte Belinda tonlos. Der Lichtstrahl war erloschen.

„Da!", rief Holly. „Seht doch!"

Nur ein paar Meter von ihnen entfernt erstrahlten die Felsen in einer anderen Art von Licht. Es war nicht das Gelb von elektrischem Licht, sondern das helle weiße Leuchten des Tageslichts.

„Jippie!", rief Tracy. „Wir haben es geschafft. Das ist der Weg nach draußen!"

Noch nie hatten sie sich so über etwas gefreut wie über dieses einfache Sonnenlicht, das auf die Felsen herabfiel. Sie hasteten mit neuer Kraft darauf zu. Es war ein langer, nach

oben gerichteter Riss im Gestein. Auf den letzten Metern in die Freiheit mussten die drei so lachen, dass sie vollkommen außer Atem gerieten. Tracy spürte Erde unter ihren Fingern. Sie stemmte sich hoch und ließ sich auf den Hügel fallen.
„Sonnenlicht!", rief Holly. „Belinda, wir haben es echt geschafft!"
Die drei Freundinnen lagen im hohen Gras und ließen sich von der Sonne bescheinen.
„Ich wusste, dass wir den Weg finden würden", sagte Belinda. „Ach, ist das schön warm! Endlich!"
„Was heißt hier, du hättest es gewusst?", fragte Tracy spitz. „Du hättest dich doch am liebsten dort unten zusammengerollt und wärst gestorben."
„Das war alles ein Teil von meinem meisterhaften Plan", gab Belinda an. „Ich wusste, dass es euch beide anspornen würde, wenn ich so tun würde, als wollte ich aufgeben."
Holly lachte leise auf. „Ich fand dich sehr überzeugend."
Es dauerte eine ganze Weile, bis sie in der Lage waren, mehr zu tun, als nur in der Sonne zu liegen. Holly war die Erste, die sich aufsetzte und sich umsah. Sie sah den Hügel hinunter. Unter ihr schoss das blutrote Wasser der Quelle aus einer Felsspalte.
„Oh, Mann, wie sehen wir bloß aus." Tracy starrte Belinda an. „Man könnte meinen, du hättest ein Schlammbad genommen."
„Du siehst auch nicht besser aus", stellte Belinda fest. „Lasst uns nach Hause fahren, okay?"
Tracy nickte. „Wenn ich nach Hause komme, werde ich mindestens zwei Stunden lang duschen."

„Glaubt ihr, dass die Polizei schon da ist?", fragte Holly. „Professor Rothwell muss sie schon vor Stunden angerufen haben. Wir sollten den Polizisten von Mallory erzählen. Wer weiß, ob er den Rückweg aus der Höhle gefunden hat."
„Ich hoffe nicht", sagte Belinda. „Ich hoffe, er sitzt immer noch dort unten fest. Das geschähe ihm recht."
Holly stand auf. „Wir müssen es unbedingt herausfinden. Vergesst nicht, dass er immer noch die Statue hat."
„Ich will aber nach Hause", jammerte Belinda. „Haben wir heute noch nicht genug getan?"
Holly zog sie auf die Füße. „Ich gehe hier nicht weg, bevor wir nicht wissen, was passiert ist. Die Polizei ist wahrscheinlich schon am Höhleneingang. Professor Rothwell hat den Polizisten sicher gesagt, wo wir hingegangen sind. Los, komm, Belinda, es kostet uns nur ein paar Minuten, dorthin zu gehen und nachzusehen. Außerdem müssen wir ohnehin zur Mühle zurück, um unsere Fahrräder zu holen."
Die drei Mädchen boten einen ungewöhnlichen Anblick. Tracy und Holly starrten vor Schmutz und Belinda war von Kopf bis Fuß mit rotem Schlamm bedeckt. Sie waren unendlich glücklich, hakten einander ein und unterhielten sich angeregt über ihre Erlebnisse, denn sie konnten es immer noch kaum glauben, dass sie das alles unverletzt überstanden hatten.
Am Höhleneingang war nirgends ein Polizeiwagen zu sehen. Vielleicht hatte der Professor sie doch nicht angerufen, überlegte Holly. Die drei blieben abrupt stehen und verstummten, denn vor dem Höhleneingang lag jemand.
Es war John Mallory. Er lehnte mit dem Rücken an einem

Felsen, sein Kopf war zur Seite gekippt, seine Arme hingen schlapp herunter, und seine Beine waren ausgestreckt.

„Vorsicht", warnte Belinda, als sie sich ihm näherten. „Er ist gefährlich."

Seine Augen waren geschlossen und sein Gesicht schmerzverzerrt. Auf der Seite seines Gesichtes hatte er eine rote Schwellung, wo Belinda ihn mit dem Glücksstein getroffen hatte. In der offenen Hand hielt er die goldene Statue. Er schlug die Augen auf, als er sie kommen hörte.

„Helft mir", stöhnte er. „Ich glaube, ich habe mir den Knöchel gebrochen."

„Traut ihm nicht", warnte Belinda. „Er ist zwar gestürzt, als er hinter mir her war, aber vielleicht spielt er uns nur etwas vor."

„Das glaube ich nicht", sagte Tracy und kniete sich neben seinen Fuß. „Das sieht wirklich schlimm aus." Über seinem Schuh war die Schwellung des Knöchels deutlich zu sehen.

„Keine Sorge", sagte Tracy. „Wir werden Ihnen helfen."

Belinda starrte auf ihn hinab. „Sie verdienen es nicht, dass man Ihnen hilft", fauchte sie wütend. „Haben Sie uns etwa geholfen? Sie hätten uns dort unten verrecken lassen."

Mallory schüttelte den Kopf. „Nein, ich hätte euch Hilfe geschickt", behauptete er.

Holly nahm die Statue an sich. Mallory versuchte, sie ihr wieder wegzunehmen, doch dann verzog er schmerzlich das Gesicht und ließ den Arm wieder sinken.

„Wir wissen, dass Sie es waren, der die Sachen aus dem Wohnwagen gestohlen hat", sagte Holly. „Und das werden Sie jetzt gestehen, oder wir lassen Sie hier liegen."

„Ja, ja", murmelte Mallory. „Ich gestehe alles, wenn ihr mir nur helft."

„Können Sie gehen, wenn wir Sie stützen?", fragte Tracy.

„Ja, ich glaube schon", sagte Mallory.

Tracy sah ihre Freundinnen an. „Wir könnten versuchen, ihn zur Mühle zu bringen."

Tracy und Holly packten seine Arme und schafften es mit vereinten Kräften, ihn aufzurichten. Belinda folgte ihnen; sie war immer noch misstrauisch und rechnete damit, dass der humpelnde Mann ihre Freundinnen angreifen würde. Doch seine Verletzung schien echt zu sein. Selbst wenn der Knöchel nicht gebrochen war, war er doch schlimm verstaucht.

Es dauerte lange, Mallory durch den Wald und auf die Lichtung zu helfen, die zur Mühle führte. Vor der Mühle stand ein Polizeiwagen.

„Er hat sie also doch angerufen", stellte Belinda fest. „Gut gemacht, Professor. Ich frage mich nur, warum sie nicht nach oben zur …" Sie sprach nicht weiter. Neben dem Polizeiwagen stand ein Rettungswagen.

Ein junger Mann in der weißen Kleidung eines Rettungssanitäters stand an der geöffneten hinteren Tür.

„Hilfe!", rief Holly.

Der Mann starrte sie verblüfft an und traute offensichtlich seinen Augen nicht. Dann rannte er zu ihnen und erlöste die erschöpften Mädchen vom Gewicht des verletzten Mannes.

„Was ist euch denn passiert?", fragte er.

„Das ist eine lange Geschichte", sagte Tracy. „Aber was macht der Rettungswagen hier? Ist jemand verletzt?"

„Es ist der alte Mann", antwortete der Sanitäter. „Er hat die

Polizei angerufen, aber als sie hier ankam, war er bereits bewusstlos."
„Oh nein", stöhnte Holly. „Wird er es überstehen?"
„Das ist schwer zu sagen", sagte der Mann. „Wir tun, was wir können."
Die drei Freundinnen stürzten vorwärts. Professor Rothwell lag schon im Rettungswagen. Er war bis zum Hals zugedeckt und war noch immer bewusstlos.
„Vergessen Sie den alten Trottel", knurrte John Mallory. „Ich will mit der Polizei sprechen." Er starrte Belinda finster an. „Ich will dieses Mädchen wegen Körperverletzung anzeigen."
Belinda sah ihn ungläubig an.
„Diese Mädchen haben versucht, eine unbezahlbare goldene Statue zu stehlen", fauchte Mallory, und seine Augen funkelten boshaft. „Ich will, dass sie wegen Diebstahl und Körperverletzung verurteilt werden!"

Der Rettungswagen war abgefahren und brachte Professor Rothwell ins Krankenhaus. John Mallory saß im Sessel des Professors und hatte seinen geschwollenen Knöchel auf einen flachen Tisch gelegt. Holly und ihre Freundinnen standen sprachlos daneben und wurden von zwei Polizisten misstrauisch beobachtet.
„Ich will, dass diese Mädchen eingesperrt werden", forderte Mallory. „Zusammen mit dieser Fairfax. Sie stecken gemeinsam dahinter. Ich kann Ihnen alles erzählen. Die ganze Geschichte."

„Glauben Sie ihm kein Wort", unterbrach Tracy. „Er lügt wie gedruckt."

Einer der Polizisten sah sie missbilligend an. „Du bekommst noch die Gelegenheit, dich zu den Vorwürfen zu äußern, junge Dame." Er drehte sich wieder zu Mallory um. „Würden Sie bitte fortfahren?"

„Ich sagte, dass diese Mädchen im Auftrag von Professor Fairfax versucht haben, die Statue zu stehlen." Er zeigte auf die goldene Statue in Hollys Hand. „Wissen Sie Bescheid über die Grabungen am Hob's Mound?"

„Ja, wir sind darüber informiert", sagte der Polizist. „Dort ist ein Einbruch verübt worden. Professor Fairfax ist zurzeit auf der Wache und hilft uns bei unseren Ermittlungen. Was hat es mit dieser Statue auf sich?"

„Die Fairfax hat sie bei Ihnen als gestohlen gemeldet, nicht wahr?", fragte Mallory. „Das war eine Lüge. Sie hat sie versteckt und den Angriff auf sie nur vorgetäuscht. Sie hat sogar diese Mädchen dazu angestiftet, mich zu beschuldigen." Er funkelte die Mädchen wütend an. „Deshalb waren sie doch gestern auf der Polizeiwache, nicht wahr? Um mich zu belasten?"

„Er lügt", rief Belinda. „Professor Fairfax ist wirklich überfallen worden." Sie sah die Polizisten an. „Es war Professor Rothwell. Er hat Professor Fairfax niedergeschlagen und die Statue an sich genommen. Fragen Sie ihn doch!"

„Ich fürchte, es wird noch einige Zeit dauern, bis Professor Rothwell wieder in der Lage ist, unsere Fragen zu beantworten", sagte einer der Polizisten.

„Sie dürfen diesem verrückten alten Mann kein Wort glau-

ben", ereiferte sich Mallory. „Er steckt auch mit drin. Sie haben sich alle gegen mich verschworen, weil ich mich geweigert habe, die gestohlene Statue für sie zu verkaufen. Wissen Sie", fuhr er fort, „ich weiß zu viel. Die Fairfax hat mich gestern zu einem Treffen hergebeten. Sie hatte die Statue bei sich und hat versucht, mich zu überreden, sie doch zu verkaufen. Das habe ich abgelehnt und bin gefahren. Und als Nächstes hält die Polizei mich an, und man erzählt mir, sie sei überfallen und beraubt worden." Er zeigte auf die drei Mädchen. „Ich bin zurückgekommen, um den alten Mann dazu zu überreden, die Statue den Behörden zu übergeben. Er gab zu, dass er sie in den Höhlen versteckt hatte. Ich ging dorthin, um sie zu holen, doch diese Mädchen griffen mich an. Sehen Sie sich an, was sie mit mir gemacht haben!"
„Was wir mit Ihnen gemacht haben?", stieß Belinda hervor. Sie sah die Polizisten an. „Das sind alles Lügen. Er hat uns in die Höhlen getrieben. Ich habe mich nur verteidigt."
Mallory lächelte finster. „Wollen Sie denen glauben oder mir?", knurrte er. „Sie sind Freunde von dieser Fairfax."
„Ihre Geschichte hat einen kleinen Fehler", bemerkte einer der Polizisten. „Diese Mädchen waren gestern nicht auf der Polizeiwache, um über Sie zu sprechen. Sie haben eine ganz andere Aussage gemacht. Eine Aussage, die diese Statue betraf. Und diese Aussage widerspricht ganz entschieden Ihrer Behauptung, dass die drei mit Professor Fairfax unter einer Decke stecken."
John Mallorys Augen verengten sich zu Schlitzen. Holly fand, dass er aussah wie eine Schlange. Sie wandte sich an den Polizisten.

„Nachdem wir mit Ihnen gesprochen haben, habe ich noch etwas herausgefunden", sagte sie. „Ich kann beweisen, dass Professor Fairfax nichts mit dem Einbruch in den Wohnwagen zu tun hatte." Sie blickte in Mallorys wütendes Gesicht. „Ich kann beweisen, dass *er* es war!"
„Lüge!", brüllte Mallory.
„Ich lüge nicht", sagte Holly. „Sehen Sie sich seine Hände an. Der Ausschlag auf seinen Händen kommt von dem Juckpulver, das ich versehentlich über die gestohlenen Beutel geschüttet habe." Holly erzählte von ihrem Missgeschick im Wohnwagen. „Jeder, der diese Beutel angefasst hat, hat diesen Ausschlag bekommen. Bei Professor Fairfax ist das nicht der Fall. Sie kann diese Beutel nicht berührt haben."
Die Polizisten drehten sich zu Mallory um. „Was sagen Sie dazu?"
„Ohne meinen Anwalt sage ich überhaupt nichts", fauchte Mallory. „Und ich verlange, dass meine Verletzungen behandelt werden. Verletzungen, die diese Mädchen mir zugefügt haben."
„Ich denke, wir sollten alle auf die Wache fahren", sagte einer der Polizisten. „Dort wird sich ein Arzt um Sie kümmern. Und ihr Mädchen solltet euch vielleicht ein wenig säubern, bevor wir eure Eltern anrufen."

Holly saß im Befragungsraum der Polizeiwache. Ihre Mutter und ihr Vater saßen neben ihr, und eine Inspektorin notierte alles, was sie erzählte. Tracy und Belinda taten derweil dasselbe in angrenzenden Zimmern.

„Was passiert jetzt mit Anne Fairfax?", fragte Holly mitfühlend.
Die Polizistin sah auf ihre Notizen. „Wenn es stimmt, was du mir erzählt hast, dann hat sie mit dem Einbruch in den Wohnwagen nichts zu tun. Aber ich fürchte, dieser Diebstahl der Statue aus dem Museum geht auf ihr Konto."
„Werden Sie sie verhaften?", fragte Holly.
„Professor Fairfax ist bereits hier", sagte die Polizistin. „Sie wird zu ihrer ersten Aussage befragt. Doch nach dem, was du uns erzählt hast, ist ihr Geständnis nicht länger sehr glaubwürdig."
„Und was ist mit Chris Lambert?", wollte Holly wissen.
„Vor seiner Wohnung wartet einer unserer Wagen. Er wird hergebracht, sobald er dort auftaucht. Wir wollen ihm ein paar Fragen stellen, doch nach dem Geständnis von Professor Fairfax zu urteilen, ist er vollkommen unschuldig."
„Kann Holly jetzt gehen?", fragte Mr Adams. „Sie hat Ihnen alles erzählt, was sie weiß."
Die Inspektorin lächelte. „Ja, wir brauchen Holly und ihre Freundinnen im Augenblick nicht mehr." Sie erhob sich und betrachtete den Zustand von Hollys Kleidung. „Ich denke, du könntest ein Bad gebrauchen, nicht wahr?"
Holly nickte nur. Die Polizistin führte sie in den Vorraum der Wache.
„Können wir eben noch auf Tracy und Belinda warten?", fragte Holly ihre Eltern.
„Das sollten wir wohl." Ihre Mutter schüttelte den Kopf. „Was sollen wir nur mit dir machen, Holly? Sieh dich nur an, wie du aussiehst!"

Holly seufzte und ließ sich auf einen Stuhl fallen. „Es war schrecklich in diesen Höhlen. Ich hatte wirklich Angst, wir würden nie wieder herausfinden."
Mrs Adams legte ihrer Tochter einen Arm um die Schultern. „Jetzt ist es ja vorbei. Und bald bist du zu Hause in Sicherheit."
Auf dem Flur erklangen Schritte. Mrs Hayes und Mrs Foster kamen mit Tracy und Belinda auf sie zu.
„Ich werde nie verstehen, wie ihr drei es immer wieder schafft, in solche Dinge verwickelt zu werden", sagte Mrs Hayes.
Belinda lächelte müde. „Das geht mir genauso."
„Zumindest seid ihr alle heil und gesund", sagte Mrs Foster. „Das ist die Hauptsache."
Hollys Eltern standen auf. „Nach Hause?", fragte ihr Vater.
„Nach Hause!", seufzte Holly.
Sie sahen sich um, als plötzlich jemand in die Polizeiwache geführt wurde. Holly riss die Augen weit auf. Ein völlig schockierter Chris Lambert wurde von zwei Beamten in den Vorraum gebracht.
Er entdeckte Holly und kam auf sie zu. „Was hast du ihnen gesagt?", rief er. „Was hast du ihnen über Anne erzählt?"
„Ich musste es ihnen sagen." Holly sah den verängstigten jungen Mann voller Mitleid an. „Die ganze Geschichte mit der Statue war ein einziger Betrug!"
„Das weiß ich!", brüllte er. „Das weiß ich alles. Aber ihr habt euch geirrt! Anne hat damit nichts zu tun." Er wehrte sich gegen den Griff der Polizisten.
„Ich war es!", brüllte er. „Ich war es ganz allein!"

Kapitel 13

Geständnisse

„Christopher! Sag nichts!" Hollys Kopf wirbelte herum, als sie diese Stimme hörte. Auf der anderen Seite des Vorraums stand Anne Fairfax, mit einem Polizisten an ihrer Seite.
„Aber sie glauben, du hättest die Statue gestohlen", rief Chris. „Ich muss ihnen die Wahrheit sagen."
Die Inspektorin, die Holly befragt hatte, tauchte aus einem Nebenzimmer auf.
„Was ist das hier für ein Geschrei?", fragte sie und sah Chris an. „Sind Sie Mr Lambert?"
„Ja. Ich bin der, den Sie suchen. Anne hat mit dem Diebstahl der Statue nichts zu tun. Ich weiß nicht, was sie Ihnen erzählt hat, aber sie ist unschuldig. Sie wusste nicht einmal davon."
„Christopher!", rief Anne Fairfax. „Tu das nicht! Ich habe bereits ein Geständnis abgelegt. Über die Statue und den Einbruch in den Wohnwagen."

Chris sah sie verblüfft an. „Warum hast du das getan?" Er sah die Polizistin an. „Sie versucht nur, mich zu schützen. Lassen Sie sie gehen. Ich werde Ihnen alles sagen."

Die Polizistin sah ihn missbilligend an. „Das sollten Sie auch. Es wird allmählich Zeit, dass wir die Wahrheit erfahren."

Anne Fairfax rannte durch den Vorraum. Die Mädchen und ihre Eltern traten verblüfft zur Seite, als sie nach Chris' Hand fasste.

„Warum hast du das getan?", fragte sie und sah ihm in die Augen. „Warum konntest du nicht warten? Wir hätten alles gefunden, was wir uns erträumt hatten, wenn wir erst die Grabkammer geöffnet hätten."

„Ich hatte Angst, dass nichts darin sein würde", gestand Chris. „Das Risiko wollte ich nicht eingehen. Ich weiß doch, wie dringend du einen bedeutenden Fund brauchtest. Ich habe es für dich getan. Für uns. Damit wir zusammen nach Frankreich gehen konnten."

„Oh, Christopher!", rief Anne Fairfax. „So wichtig war das doch nicht. Nicht so wichtig, dass du auch noch die Fundstücke aus dem Wohnwagen stehlen musstest. Hast du denn geglaubt, ich würde keinen Verdacht schöpfen? Es war doch vorauszusehen, dass irgendwann einmal alles herauskommen würde!"

Chris sah sie verwundert an. „Aber das habe ich nicht, ich habe die Statue vergraben, aber mit dem Einbruch hatte ich nichts zu tun."

Anne Fairfax' Unterkiefer klappte herunter. „Was? Aber ich dachte, *du* hättest diese Dinge genommen. Deswegen habe ich es gestanden. Als mir klar wurde, was es mit der Statue

auf sich hat, dachte ich, du hättest auch die anderen Fundstücke genommen, um mir das Geld zu verschaffen."
„Ich denke, Sie beide kommen jetzt besser mit mir", bestimmte die Inspektorin und sah von Anne Fairfax zu Chris. „Ich denke, es gibt einiges, was Sie mir jetzt gern erzählen würden."
Die Polizistin deutete auf das Verhörzimmer. „Dort hinein, bitte."
Holly sah verblüfft hinterher, als Chris und Anne Fairfax Hand in Hand das Nebenzimmer betraten und die Tür sich hinter ihnen schloss.
„Es war also doch Chris, der die Statuen vertauscht hat", flüsterte Belinda. „Professor Fairfax hat nur versucht, ihn zu schützen."
„Ich wünschte, jemand würde mir erklären, was hier vorgeht", seufzte Mrs Hayes und sah die anderen Erwachsenen an. „Wissen Sie, worum es hier geht?"
„Chris und Professor Fairfax haben ein Verhältnis", erklärte Holly. „Deshalb hat Professor Fairfax alles gestanden. Um ihn zu schützen." Sie sah ihre Eltern an. „Können wir noch bleiben und warten, wie alles ausgeht?"
„Nein", bestimmte ihre Mutter streng. „Es wird Zeit, dass du nach Hause kommst, Holly. Ich bin sicher, die Polizei wird euch sofort über das Ergebnis ihrer Ermittlungen informieren."
„Und ich wüsste zu gern, wie ihr in diese ganze Sache hineingeraten seid", sagte Mrs Hayes.
Belinda sah ihre Mutter verlegen an. „Das ist eine sehr lange Geschichte."

Mrs Foster seufzte. „Schon wieder eine lange Geschichte." Sie lächelte die anderen Elternteile mitfühlend an und legte Tracy einen Arm um die Schultern. „Ich glaube, ich bringe dich lieber nach Hause, bevor du anfängst zu erzählen, Tracy. Ich bin mir nicht sicher, ob ich das alles im Stehen ertragen kann."
Die Mädchen schlenderten hinaus zu den Autos ihrer Eltern. Anscheinend würden sie auf die endgültige Lösung des Rätsels um die goldene Statue noch eine Weile warten müssen.

Als Holly endlich zu Hause war, war sie zu erschöpft, um noch etwas anderes zu tun, als ein heißes Bad zu nehmen und dann ins Bett zu fallen. Einige Zeit später brachte ihre Mutter ihr eine Tasse heiße Schokolade und setzte sich auf die Bettkante.
„Mit dir und Jamie", seufzte sie, „wird es hier niemals langweilig."
„Was hat Jamie denn angestellt?", fragte Holly, setzte sich im Bett auf und nippte an ihrer Schokolade.
„Hast du nicht gesehen, wie er den Garten verwüstet hat?"
„Ach, das", sagte Holly. „Ich hatte mich schon gefragt, wann ihr es wohl merken würdet."
„Inzwischen haben wir es gemerkt", gab ihre Mutter zurück. „Dein Vater hat ihm befohlen, alle Löcher wieder zuzuschütten. Dein Bruder hat Glück, dass er nicht für den Rest des Monats Hausarrest bekommen hat." Sie lächelte. „Ich hoffe nur, all deine Abenteuer haben dir genug Material für deinen Artikel verschafft."

„Der Artikel!", rief Holly aus. „Den hätte ich fast vergessen. Ich muss ihn spätestens am Dienstag abgeben." Sie sah sich nach ihrem Notizbuch um. Es war nicht mehr auf dem Nachttisch, wo sie es zuletzt gesehen hatte. Sie wollte aus dem Bett steigen und es suchen.
„Oh nein", stöhnte Mrs Adams. „Heute wirst du nicht mehr schreiben. Das hat Zeit bis morgen. Jetzt wird geschlafen."
Holly ließ sich wieder auf ihr Kissen fallen.
„Na gut", gab sie müde nach. „Aber ich kann ohnehin nicht schlafen, denn ich muss über so vieles nachdenken."
Mrs Adams stand auf. „Schlaf lieber. Nachdenken kannst du morgen früh." Sie schaltete das Licht aus und verließ das Zimmer.
Obwohl Holly nicht damit gerechnet hatte, schlief sie doch fast auf der Stelle ein. Die Anstrengungen des vergangenen Tages hatten sie vollkommen erschöpft, und nicht einmal das Rätsel um das verschwundene Notizbuch konnte sie wach halten.

„Holly Adams?"
Holly sah auf. Es war die erste Schulstunde des Tages. Sie hatte vor der Schule kurz mit Tracy und Belinda gesprochen, doch zu einer ausgiebigen Diskussion hatten sie noch keine Zeit gehabt. Das würde wohl bis zur großen Pause warten müssen.
Die Schulsekretärin stand in der Klassenzimmertür. „Miss Horswell erwartet dich in ihrem Büro."

Holly war überrascht, aus dem Unterricht gerufen zu werden, und folgte der Sekretärin wortlos ins Büro der Schulleiterin.

Belinda und Tracy waren bereits dort. Miss Horswell saß an ihrem Schreibtisch, und neben ihr stand die Polizistin, die Holly am Vortag befragt hatte.

„Die Inspektorin sagt, ihr drei hättet entscheidend zur Aufklärung eines Verbrechens beigetragen." Miss Horswell lächelte. „Sie wollte gern mit euch sprechen."

Die Polizistin nickte. „Ich dachte, ihr hättet es verdient, es als Erste zu hören. Gegen Professor Fairfax sind alle Anklagepunkte fallen gelassen worden. Christopher Lambert hat ein umfassendes Geständnis abgelegt."

„Ich wusste die ganze Zeit, dass er die Statue gestohlen hat", erklärte Belinda. „Das hatten wir schon längst herausgefunden."

„Professor Fairfax hat ihr Geständnis abgelegt, um ihn zu schützen", sagte die Inspektorin. „Zwischen den beiden besteht schon seit einigen Monaten eine enge Freundschaft. Christopher Lambert kam bei den Forschungsarbeiten im Museum der Gedanke, die Statue zu vergraben. Er hatte die Möglichkeit, das Original in dem Töpfergeschäft zu kopieren, über dem er wohnt. Ihm war jedoch klar, dass eine Kopie den Untersuchungen an der Universität nicht standhalten würde. Deshalb hat er die Kopie ins Museum gebracht und die echte Statue im Hob's Mound vergraben."

„Und Professor Fairfax hat davon nichts gewusst?", fragte Holly.

„Anscheinend nicht! Sie wurde erst später misstrauisch, als

die Statue zur Überprüfung ihrer Echtheit in die Universität gebracht wurde. Ihr fiel auf, dass sie der Statue vom Elfbolt Hill einfach zu ähnlich war. Sie hat mir erzählt, dass auf der Statue Spuren zu finden waren, die mit denen der Statue von Elfbolt Hill absolut identisch waren. Aus diesem Grund ist sie mit ihr zu dem Mann gefahren, der sie ursprünglich entdeckt hat."

„Professor Rothwell!", rief Belinda.

„Genau", bestätigte die Inspektorin. „Sie hoffte, dass sie von ihm die Wahrheit erfahren würde. Ihr war klar, dass Christopher Lambert der Schuldige sein musste, wenn sich ihr Verdacht als zutreffend erwies. Kein anderer wäre für sie ein solches Risiko eingegangen. Sie hoffte, das Ganze vertuschen zu können, um ihn nicht in Schwierigkeiten zu bringen. Doch anscheinend war Professor Rothwell zu verwirrt, um ihr Genaueres zu sagen, und so verließ sie ihn, ohne dass sich ihr Verdacht erhärtet hätte."

„Und dann hat Professor Rothwell sie niedergeschlagen und ihr die Statue abgenommen, bevor sie etwas unternehmen konnte", sagte Tracy. „Aber wissen Sie denn genau, was bei der alten Mühle passiert ist? Wissen Sie, was John Mallory dort gewollt hat?"

„Ich denke schon", sagte die Inspektorin. „Mallory hat es in erster Linie darauf angelegt, dass Professor Fairfax die Leitung der Grabungen entzogen wird. Er wusste, dass sie ihm keines ihrer Fundstücke überlassen würde, und hat deshalb versucht, sie in Misskredit zu bringen. Er ist in den Wohnwagen eingebrochen und hat die Fundstücke gestohlen, denn er wollte sie Professor Fairfax unterschieben und dann anonym die Polizei anrufen und ihr empfehlen, sich ihr Auto vorzunehmen. Er ist ihr zur Mühle gefolgt, weil er auf eine passende Gelegenheit hoffte, ihr das ganze Diebesgut in den Wagen zu legen."

„Das stimmt", sagte Belinda. „Ich habe ihn in der Mühle etwas in der Art sagen hören. Er muss ihr gefolgt sein und hat die Sachen in ihr Auto gelegt, als sie mit Professor Rothwell gesprochen hat."

Die Inspektorin nickte. „Das hat er inzwischen zugegeben." Sie lächelte Holly an. „Er konnte es auch schlecht abstreiten, nach deiner Aussage über den Ausschlag an seinen Händen. Als wir ihn das erste Mal verhört haben, waren wir auf der Suche nach der gestohlenen Statue. Er hatte sie nicht, und es gab auch keinen anderen Beweis für seine Schuld, und so mussten wir ihn laufen lassen."

„Danach hat er wahrscheinlich vermutet, dass Professor Rothwell die Statue haben musste", überlegte Holly.

„Mallory wusste, wie wertvoll die Statue war", sagte die Inspektorin. „Er wusste, dass er dafür mühelos einen Käufer finden und sich mit dem Gewinn absetzen konnte, wenn es ihm nur gelang, sie in die Hände zu bekommen. Und damit wäre er wahrscheinlich auch durchgekommen, wenn ihr drei nicht gewesen wärt."

„Wir haben es ihm gezeigt, nicht wahr?", fragte Tracy.

„Das habt ihr", stimmte die Inspektorin zu. „Allerdings wäre es schlauer gewesen, uns Bescheid zu sagen, als euch einer solchen Gefahr auszusetzen."

Belinda grinste sie fröhlich an. „Wir haben doch nicht gewusst, dass wir in diesen Höhlen enden würden. Wir woll-

ten doch nur verhindern, dass Mallory mit der Statue verschwindet. Wir wussten ja, dass Professor Rothwell Sie anrufen würde. Wie geht es ihm?"
„Er ist im Krankenhaus", sagte die Inspektorin. „Er leidet unter nervöser Erschöpfung. Die Ärzte hoffen, dass er sich wieder vollkommen erholt, doch bis dahin bedarf er einer intensiven Behandlung. Professor Fairfax hat wegen des Angriffs auf sie keine Anzeige erstattet, das bedeutet, dass wir den alten Mann nicht zu vernehmen brauchen."
„Und die Statue?", fragte Holly.
„Zurzeit dient sie uns als Beweismittel. Doch nach Abschluss der Ermittlungen kommt sie wieder ins Museum."
„Das ist dann alles, nicht wahr?", fragte Tracy. „Der Fall ist restlos aufgeklärt – und das haben Sie uns zu verdanken."
Die Inspektorin nickte. „Ja, das haben wir wirklich zum größten Teil euch dreien zu verdanken. Außerdem habt ihr dafür gesorgt, dass John Mallory vor Gericht kommt."
„Ist Chris in großen Schwierigkeiten?", fragte Holly.
„Es sieht so aus", erwiderte die Inspektorin. „Aber ich bin sicher, dass Professor Fairfax vor Gericht zu seinen Gunsten aussagen wird."
„Nun", begann Miss Horswell, „es sieht aus, als hättet ihr Mädchen gute Arbeit geleistet." Sie lächelte und stand auf. „Aber jetzt sollten wir euch wohl nicht länger vom Unterricht fern halten." Sie brachte die Mystery-Club-Mitglieder und die Inspektorin zur Tür.
„Ich nehme an, du wirst darüber einen Artikel für die Schülerzeitung schreiben, Holly?", fragte Miss Horswell, nachdem die Inspektorin gegangen war.

„Ich habe schon damit angefangen", erwiderte Holly. „Ich hoffe nur, ich werde auch rechtzeitig zum Ablieferungstermin fertig."

Die Mädchen gingen zurück in ihre Klassenzimmer, und Holly arbeitete in Gedanken schon an ihrem Artikel. *Schülerinnen aus Willow Dale lösen das Geheimnis der falschen Statue. Der Mystery Club auf der richtigen Spur!*

Am Nachmittag trafen sich die drei Mädchen in Hollys Zimmer, um ihr bei dem Artikel zu helfen. Doch es gab ein Problem: Holly hatte das Mystery-Club-Notizbuch immer noch nicht wieder gefunden.

„Wisst ihr was?", fragte Belinda, als sie und Tracy Holly beim Suchen halfen, „einiges, was der Professor zu mir gesagt hat, war gar nicht so verrückt."

„Was denn zum Beispiel?", wollte Tracy wissen.

„Nun, er sagte doch, der Glücksstein würde mich beschützen, oder etwa nicht?", fragte Belinda. „Und das hat er wirklich getan. Ich weiß nicht, was Mallory in der Höhle mit mir gemacht hätte, wenn ich ihm nicht den Stein an den Kopf geknallt hätte. Außerdem hat der Professor gesagt, ich würde in die Dunkelheit hinabgezogen. Und genauso war es." Sie sah ihre Freundinnen unsicher an. „Das ist doch merkwürdig, findet ihr nicht?"

„Wenn es dir recht ist, möchte ich darüber lieber nicht nachdenken", verkündete Tracy. „Denn wenn ich es täte, würde ich mit Sicherheit genauso überschnappen wie der verrückte Professor."

„Du hast Recht", stimmte Holly zu. „Es ist wirklich merkwürdig, aber wir haben im Moment Wichtigeres zu tun. Zum Beispiel sollten wir das Notizbuch finden." Sie suchte unter ihrem Bett. „Es war gestern noch auf meinem Nachttisch. Da bin ich mir ganz sicher. Jemand muss es weggenommen haben."

„Es muss hier irgendwo sein", sagte Belinda. „Wer würde schon dein Notizbuch nehmen?"

„Jamie!", stieß Holly hervor. „Er hat doch gesagt, er würde sich an uns rächen. Ich wette, er war es."

„Schnappen wir ihn uns!", rief Tracy.

Sie erwischten Jamie vollkommen unvorbereitet in seinem Zimmer und stürzten sich alle drei auf ihn, bevor er sich wehren konnte.

„Was hast du mit unserem Notizbuch gemacht, du Monster?", brüllte Holly, die auf ihm saß. „Ich weiß, dass du es warst."

Jamie zappelte unter ihnen herum. „Ich sag's ja! Ich hab's im Garten vergraben. Geht von mir runter, und ich zeige euch, wo."

„Du hast es vergraben?", rief Holly entgeistert. „Dafür bringe ich dich um!"

„Ich grabe es wieder aus!", keuchte Jamie. „Es sollte doch nur ein Scherz sein!"

„Du kannst nur hoffen, dass es nicht ruiniert ist", drohte Holly.

„Es ist in einer Plastiktüte", sagte Jamie. „Und außerdem habt ihr es verdient, nach eurem schäbigen Trick mit den Münzen."

Die drei Mädchen eskortierten Jamie die Treppe hinunter und in den Garten. Tracy holte einen Spaten, und Holly drückte ihn ihrem Bruder in die Hand.

„Grab!", befahl sie. „Und wenn das Buch auch nur einen Schmutzfleck hat, wirst du dir wünschen, nie geboren zu sein!"

„Es wird einwandfrei sein", knurrte Jamie und stieß den Spaten in die lockere Erde. „Ich weiß gar nicht, warum du so ein Theater darum machst."

„Das wirst du schon merken, wenn es doch beschädigt ist", warnte ihn Holly.

Jamie musste nur ein paar Spaten voll Erde wegschaufeln, bis die Plastiktüte mit dem Notizbuch zum Vorschein kam. Er bückte sich und hob sie auf.

„Siehst du? Es ist vollkommen in Ordnung."

Holly nahm es ihm ab und zog das Notizbuch aus der schlammigen Tüte.

„Na?", fragte Jamie. „Was habe ich dir gesagt?"

Das Notizbuch war unbeschädigt. Holly sah ihren Bruder finster an.

„Jetzt werden wir feststellen, wie dir ein paar Stunden unter der Erde bekommen", zischte sie. Sie wand sich ihren Freundinnen zu. „Was haltet ihr davon, wenn wir ihn bis zum Hals eingraben und den Ameisen zum Fraß überlassen?"

Mit einem Aufschrei wirbelte Jamie herum und rannte zum Haus.

„Ihm nach!", brüllte Holly. „Lasst ihn nicht entkommen!"

Sie verfolgten den Flüchtenden gerade die Treppe hinauf, als es an der Haustür klingelte. Holly brach die Verfolgung ab und ging an die Tür. Es war Kurt, und vor dem Haus stand der Wagen seines Vaters.

„Was ist denn hier los?", fragte er, denn er hatte Belinda und Tracy auf der Treppe entdeckt.

„Jamie fand es lustig, unser Notizbuch im Garten zu vergraben", erklärte Holly. „Und jetzt wollen wir herausfinden, wie lustig er es findet, wenn wir *ihn* vergraben!"

Kurt lachte. „Das könnt ihr natürlich gern tun. Aber ich dachte, ihr würdet vielleicht lieber meinen Vater und mich begleiten. Wir haben gerade erfahren, dass Professor Fairfax am Hob's Mound in die Grabkammer vorgedrungen ist. Offenbar hat sie dort Unmengen von tollen Sachen gefunden. Wollt ihr nicht mitkommen und sie euch ansehen?"

Alle Rachegedanken waren verschwunden, als die Mädchen sich auf den Rücksitz von Mr Welfords Wagen quetschten und mit zur Grabungsstelle fuhren.

„Ich hoffe, diesmal sind die Funde echt", bemerkte Tracy.

„Oh ja", sagte Mr Welford. „Diesmal sind sie echt. Ich habe gehört, dass es ein ganzer Schatz sein soll. Ach, Holly?", fügte er hinzu, „Kurt sagt, du hättest diesen Fall fast allein gelöst. Hättest du Lust, darüber einen Artikel für das Tageblatt zu schreiben?"

„Ob ich Lust hätte?", jubelte Holly. „Darf ich wirklich? Ein Artikel von mir im Tageblatt!"

„Einen Augenblick", unterbrach Belinda. „Immerhin haben wir drei diesen Fall gelöst. Ich sehe nicht ein, warum ausgerechnet Holly diesen Artikel schreiben soll."

„Ich bin am genialsten", alberte Holly. „Deshalb."

„Du meinst wohl, am eingebildetsten", warf Tracy ein.

„Wenn im Tageblatt ein Artikel über uns erscheint, sollten wir ihn auch gemeinsam verfassen, finde ich."

„Das stimmt", sagte Belinda. „Ausnahmsweise stimme ich Tracy hier einmal zu."

„Schon gut, schon gut", rief Mr Welford entnervt. „Macht, was ihr wollt. Meinetwegen schreibt den Artikel in Gemeinschaftsarbeit."

Belinda grinste. „Genauso soll es sein, und wir sollten auch erwähnen, dass mich die Aufklärung dieses Falles mein Lieblingssweatshirt gekostet hat."

„Machst du Witze?" Tracy sah Belinda an. „Was du heute trägst, sieht doch ganz genauso aus!"

„Also gut", lenkte Belinda ein, „dann schreiben wir eben, dass ich eines meiner Lieblingssweatshirts opfern musste. Das ist mir egal. Hauptsache, ich bin der Star in diesem Artikel!"

Tracy und Holly warfen sich auf Belinda, die ein ersticktes Lachen von sich gab, als der Wagen sie immer näher zu den Schätzen vom Hob's Mound brachte.